*Das Buch* Laura ist eine dramatische Familiengeschichte, mit der Lara Cardella (*Ich wollte Hosen*) ihr erzählerisches Talent erneut unter Beweis stellt. Im Mittelpunkt der Handlung steht Laura, eine junge Frau, die ihren Mann Paolo über alles liebt und ihn mit rasender Eifersucht verfolgt.

Lauras eigentliche Widersacherin in der Familie ist Paolos Mutter, Mamma Giuberti, die mit gluckenhaftem Egoismus über Paolo und seine Geschwister wacht. Fast alle wohnen noch in Mamma Giubertis Haus, und keiner hatte je eine echte Chance, der mütterlichen Bevormundung zu entgehen. Dementsprechend ist es auch kein Wunder, daß es keiner von ihnen im Leben weit gebracht hat. Im Hause Giuberti herrscht eine Atmosphäre von Bequemlichkeit und Langeweile, die allenfalls von Ausbrüchen spießiger Klatschsucht unterbrochen wird. Laura kommt es bisweilen so vor, als müßte sie an dieser Atmosphäre ersticken.

Als Mamma Giuberti eines Tages ein übles Gerücht über Laura zugetragen wird, kommt ihr dies gerade recht, um gegen ihre Schwiegertochter zu intrigieren. Heuchlerische Entrüstung, angemaßte Autorität und schamlos mißbrauchtes Vertrauen werden zu einem explosiven Gemisch in dieser dramatischen Auseinandersetzung.

*Die Autorin* Die literarische Neuentdeckung des Jahres 1989 in Italien hieß zweifellos Lara Cardella. Von ihrem sensationellen Erstling *Ich wollte Hosen* (Fischer Taschenbuch 10185) wurden allein in Deutschland über eine Million Exemplare verkauft. Inzwischen ist dieses Buch auch verfilmt worden.

Lara Cardella wurde 1968 in Licata / Sizilien geboren und lebt heute in Palermo, wo sie klassische Literatur studiert.

Lara Cardella

# Laura

Roman

Aus dem Italienischen von
Christa Efkemann

Fischer Taschenbuch Verlag

61.–100. Tausend: August 1992

Deutsche Erstausgabe
Veröffentlicht im Fischer Taschenbuch Verlag GmbH,
Frankfurt am Main, Juni 1992


Die italienische Originalausgabe erschien unter dem Titel
›Intorno a Laura‹ bei Arnoldo Mondadori Editore S. p. A., Milano
Umschlaggestaltung: Manfred Walch,
Frankfurt am Main
Gesamtherstellung: Clausen & Bosse, Leck
Printed in Germany
ISBN 3-596-11071-8

Für Marco

Das Haus der Familie Giuberti war nicht sehr groß, aber so gebaut, daß die vielen Geschwister und die Mutter bequem darin leben konnten, ohne sich beengt zu fühlen. Gut sechzig Jahre war das Haus alt und, wie viele Häuser in T., außen von schmutzig grauer Farbe, innen jedoch peinlich sauber und ordentlich. Obwohl ihr Mann früh verstorben war, war es Mamma Giuberti unter großen Opfern gelungen, das ehemals zweistöckige Haus zu kaufen und innerhalb von wenigen Jahren ein drittes Stockwerk zu errichten, dessen Zimmer sie sehr geschmackvoll eingerichtet hatte.

Bei dieser Gelegenheit hatte sie entschieden, jedem Stockwerk eine präzise Funktion zuzuordnen. So befanden sich im Erdgeschoß die Küche und der Aufenthaltsraum für die Familie, der zweite Stock war Gästen vorbehalten, und im dritten befanden sich schließlich die Schlafzimmer für die Kinder und ihr eigenes. Diese Aufteilung war keineswegs zufällig, sie hatte sich das alles sehr gut überlegt. Natürlich würde sich die Familie meistens im Erdgeschoß aufhalten, und da Mamma Giuberti größten Wert auf Sauberkeit und Ordnung legte, konnte sie es nicht zulassen, daß die Treppe unnötig oft benutzt wurde. Jeden Abend, bevor sie schlafen ging, bewaffnete sie sich mit Eimer und Scheuerlappen und putzte die Treppe vom Erdgeschoß bis in den dritten Stock. Am nächsten Tag in umgekehrter Reihenfolge. Sie erhob sich jeden Morgen bei Sonnenaufgang, eine Gewohnheit, die sie beibehalten hatte aus den Zeiten, als sie ihrem Mann, schon bevor er aufstand, das Frühstück zubereitet hatte. Seit seinem Tod (vor inzwischen fast fünfzehn Jahren) stand sie nun für ihre Kinder so früh auf und vergaß, oder besser gesagt, sie wollte jeden Morgen vergessen, daß die Schule erst um halb neun anfing und nicht zwei Stunden früher. Sie wollte sich diesen Irrtum nicht eingestehen und verbarg ihren Egoismus hinter übermäßiger Betriebsamkeit. Es gab immer einen Grund, warum die Kinder so früh geweckt werden mußten: Die Hausaufgaben mußten noch einmal durchgesehen werden, es wurde zweimal gefrühstückt, oder alle mußten sich noch einmal umziehen, nachdem sie sich schon komplett angezogen hatten...

Die Kinder allerdings fanden nichts Ungewöhnliches am Benehmen ihrer Mutter. Sie waren von jeher daran gewöhnt, von der Mamma Giuberti umsorgt und überwacht zu werden. Seit frühestem Kindesalter waren sie von ihr mit einer fast krankhaften Fürsorglichkeit umhegt worden und ununterbrochen mit mahnenden Hymnen auf die Sauberkeit (und den damit verbundenen sprichwörtlichen Beispielen) überschüttet worden.

Aufgewachsen unter dem wachsamen und allgegenwärtigen Blick der Mutter fehlte ihnen kaum der Vater, an den Mamma Giuberti jedoch ständig die Erinnerung wachhielt. Die älteren Kinder hatten noch seine Gesichtszüge mit dem willensstarken Kinn vor Augen. Für die anderen, die nach dem Ablauf so vieler Jahre nur noch eine undeutliche Vorstellung von ihm hatten, weil sie damals noch zu klein gewesen waren, frischten die lebensgroße Fotografie neben dem Bild der Madonna über dem Bett und die Mutter, die den Vater immer wieder ins Gedächtnis rief, die Erinnerung auf.

»Teresa, erinnerst du dich noch?«

Und Teresa nickte mit gesenktem Kopf. Sie war damals achtzehn Jahre alt und hatte wegen des Todes des Vaters das Gymnasium nicht besuchen können. Der Mutter war es in dieser Zeit sehr schlecht gegangen. So war sie es, die sich um die Geschwister und das Haus kümmern mußte und um diese Frau von vierzig Jahren, die den ganzen Tag im Bett verbrachte, nichts essen wollte und mit dem Schicksal haderte. Vier Jahre später hatte Teresa ihren ehemaligen Englischlehrer, Gioacchino, geheiratet, mit dem sie vier Kinder hatte.

»Paolo, du bist an diesem Tag nicht zur Schule gegangen, weißt du noch?«

Paolo schaute die Mutter an und lächelte stolz. Er war schon damals ein Typ, der dazu neigte, das Leben nicht allzu schwer zu nehmen. Genau an diesem Tag war er mit einem Freund ins Kino gegangen. Fünfzehn Jahre war er damals alt und hatte den Kopf voller Flausen, wie man es anstellen konnte, schnell reich zu werden. Noch jahrelang hatte er auf die Vorsehung gehofft, die es ihm ermöglichen sollte, in leicht verdientem Geld zu schwimmen. Schließlich war er mit vierundzwanzig Jahren dem Rat seiner Mutter gefolgt und Wahlhelfer eines Politikers geworden, der es verstanden hatte, sein Fähnchen in den Wind zu hängen. So war es ihm in kurzer Zeit gelungen, sein knochiges Hinterteil auf einem bequemen Bürosessel in der Gemeindeverwaltung unterzubringen. Nach etlichen Erfahrungen mit den Vorzügen falscher Versprechungen, der Genugtuung, dem einen oder anderen Mädchen zu einer Abtreibung verholfen zu haben und dem Stolz darauf, so manchen Ehemann gehörnt zu haben, hatte er sich nach einer Jungfrau mit einer guten Mitgift umgeschaut. Und tatsächlich hatte er eine gefunden. Es war Laura. Zweimal hatte er seinen wertvollen Saft an sie verschwendet, und sie hatte ihm zwei hübsche Jungen geboren.

»Vittoria, aber du warst damals in der Schule.«

Vittoria erinnerte sich noch sehr genau. Sie war damals neun Jahre alt. Ihre blonden Haare waren zu einem Pferdeschwanz gebunden und mit einer rosa Schleife geschmückt. Sie trug immer hübsche Kleidchen und hatte eine schöne Handschrift, die jeder lobte. An ihren Vater erinnerte sie sich allerdings nicht mehr. Aber das war ihr geringstes Problem! Sie hatte Wichtigeres im Kopf. Was für ein Leben zwischen Liebesromanzen und Friseur! Sie hatte viele »geliebt« für das, was sie nicht waren, und alle hatten ihr dafür neue Träume geschenkt. Alle hatten ihr eine mehr oder weniger flüchtige Erinnerung hinterlassen, einen Ring, eine Bluse, einen Brief. Giovanni hatte ihr eine Tochter hinterlassen. Aber er hatte sie nicht damit erniedrigt, einen monatlichen Unterhalt zu zahlen. Er hatte vielmehr seine Beziehungen dazu benutzt, ihr eine Anstellung als Lehrerin zu verschaffen, um dann alle Brücken zu ihr abzubrechen. Vielleicht wäre Vittoria ein Ehemann lieber gewesen. Doch alles in allem schien es ihr, als ob sie keinen schlechten Tausch gemacht hatte. Sie hatte eine Arbeit und noch immer die Möglichkeit, nach dem Millionär zu suchen, der sie vielleicht heiraten würde.

»Mario, du warst an diesem Tag im Kindergarten, erinnerst du dich?«

Die Stimme der Mutter brachte Mario in die Wirklichkeit zurück. Für einen Augenblick hörte er auf, ins Leere zu starren und versuchte angestrengt, sich die spärlichen Bruchteile der Erinnerung an seinen Vater ins Gedächtnis zu rufen. Er war damals fünf Jahre alt, als ihn sein Onkel Tonino vom Spielen mit den anderen Kindern weggeholt hatte. Wie oft war er von zu Hause weggelaufen. Nicht, weil ihm der Vater wirklich fehlte, vielmehr wegen dieser Art von innerer Stimme, dic ihm sagte, er sei anders; geboren um zu leiden und unfähig, inneren Frieden zu finden. Er hatte früh die Schule verlassen, einfach gar nichts mehr getan und nur noch gegen alles und jedes protestiert. Er hatte sich für Politik interessiert, für Musik und Literatur, ohne jemals mit seiner Wahl zufrieden zu sein. Trotzdem war er ständig auf der Suche nach irgend etwas.

»Viola, du warst damals bei mir, aber du warst noch zu klein. Du kannst dich nicht mehr daran erinnern...«

Sicher, Viola konnte sich nicht mehr daran erinnern. Trotzdem wußte sie genau, was sie an diesem Tag gemacht hatte, was sie angehabt hatte, wie die Mutter geschrien hatte. Sie war damals zwei Jahre alt und blieb immer das Nesthäkchen. Sie hatte Teresa geholfen, die Mutter zu trösten. Als Teresa dann geheiratet hatte, war sie es, die für Fröhlichkeit im Haus sorgte. Sie war immer eifrig bemüht, in der Schule die besten Noten zu erreichen, um der Mutter eine Freude zu machen. Sie hatte sich sehr an Vittoria angeschlossen und beschützte sie vor den Wutausbrüchen der Mutter. Ganz verzaubert hörte sie ihren Träumereien zu, ließ sich von ihnen mitreißen, identifizierte sich mit ihnen und nahm neben der Schwester eine untergeordnete Rolle ein. Sie ging noch zur Schule, und Vittoria half ihr bei den Hausaufgaben, wenn sie nicht gerade einen ihrer hysterischen Anfälle hatte. Das passierte immer dann, wenn wieder mal eine ihrer Liebesgeschichten einen unglücklichen Ausgang genommen hatte. Sie warf sich dann aufs Bett, schrie, drohte damit, sich umzubringen, und hörte nicht eher auf, bis Viola sie weinend in den Arm nahm. Dann stand sie auf, stellte sich vor den Spiegel, bewunderte sich von allen Seiten und bemerkte kokett: »Mein Gott, wie häßlich ich doch bin!« Viola, noch immer in Tränen aufgelöst, strich ihr dann durchs Haar und umschmeichelte sie. So beruhigte sich Vittoria langsam wieder, lächelte und nannte sie Vìola, weil ihr der Name, mit dem Akzent auf der ersten Silbe gesprochen, besser gefiel.

»Mamma! Mamma!« Laura hatte das Haus der Giubertis betreten und sich umgeschaut, aber niemanden bemerkt.

»Ich komm ja schon! Ah, Laura, du bist es. Entschuldige, ich war oben und hab aufgeräumt. Um neun Uhr morgens kommen einem die Leute schon ins Haus... Als ob ich nichts zu tun hätte.«

»War denn heute schon jemand anderes da?« fragte Laura.

»Ja, dieser Signor Poletti... Du weißt schon, wegen der Stelle für Mario, unseren Träumer«, berichtete Mamma Giuberti.

»Ach ja, Paolo hat mir davon erzählt... Und? Was hat er gesagt?«

»Na ja, das Übliche. Er sagt, man muß abwarten. Tatsache ist, daß sie ihn nicht haben wollen. Das ist ja auch kein Wunder, bei all dem Unsinn, den er daherredet...«

»Er ist doch noch ein halbes Kind«, gab Laura zu bedenken.

»Gut, aber so kann es schließlich nicht weitergehen. Paolo hat seinen Posten auch nicht so ohne weiteres bekommen. Was hat der Ärmste nicht alles getan! Tag und Nacht hat er gearbeitet... und am Ende hat er die Stelle bekommen. Es ist ihnen gar nichts anderes mehr übriggeblieben...«

»Aber was hat Mario denn eigentlich für Vorstellungen?«

»Vorstellungen?... Den einen Tag will er dieses, den anderen jenes. Der hat seinen Kopf in den Wolken... Über die Probleme hier im Haus macht der sich keine Gedanken.«

»Und dieser Signor Poletti? Welche Stelle könnte er ihm denn verschaffen?« Laura wollte es jetzt genau wissen.

»Das ist doch völlig egal, irgendeine. Wichtig ist, daß er am Ende des Monats sein Gehalt bekommt. Was willst du mehr? Man weiß nie, was im Leben passiert, und ein anständiges Gehalt am Ende des Monats – ist das etwa nichts?! Schau Paolo an. Du weißt genau, wie neidisch sie alle auf seinen Posten sind. Keiner kann es fassen. Eine arme, hilflose Frau wie ich, ohne einen Mann an der Seite, hat es geschafft, ihren Sohn gut unterzubringen. Die ersticken ja fast vor Neid!«

»Natürlich, Sie waren eben immer sehr stark. Ich hätte das nie geschafft. Wenn ich mir mein Leben ohne Paolo vorstelle...«

»Was blieb mir anderes übrig? Sollte ich ihn vielleicht seiner Wege gehen lassen? Nein, nein, ich weiß, was sich eine Mutter schuldig ist, das weiß ich. Ich hab mich aufgerafft und... Ah! Da ist ja Teresa.«

»Ciao, Mamma. Ah, ciao, Laura. Mein Gott, bin ich geschafft!« Teresa fächelte sich mit den Händen Luft zu.

»Immer ist sie müde, ständig beklagt sie sich«, sagte Mamma Giuberti, halb zu Laura gewandt. Dann trat sie einen Schritt zurück. »Schau mich an. Eigentlich müßte ich dieses Leben hier schon längst satt haben. Jeden Morgen stehe ich um sechs Uhr auf. Das ist kein Vergnügen. Um sechs, und den ganzen Tag nichts als Arbeit. Luca, komm her, die Oma hat etwas Feines für dich.« Teresas und Gioacchinos Zweitältester war gerade zur Tür hereingekommen.

»Mamma, du sollst ihm nicht immer Schokolade geben. Das bekommt ihm nicht«, mahnte Teresa.

»Laß sie nur reden, mein Schatz. Das ist was Feines! Iß nur alles auf... Wo ist denn Tanuccio, dein Bruder?«

Teresa antwortete statt des Kleinen: »In der Schule. Jeden Morgen habe ich mit Tanuccio dasselbe Theater! Kein Wunder, wenn dein Sohn Paolo ihm erzählt, er sei nie in die Schule gegangen, und ihm Flausen in den Kopf setzt. Und Tanuccio, dieser Dummkopf, will ihn natürlich nachmachen. ›Der Onkel Paolo hat dieses gemacht, der Onkel Paolo hat jenes gemacht...‹«

»Was regst du dich auf. Kinder sind nun mal so. Und Maria?« fragte Mamma Giuberti.

»Ich habe sie gerade in die Schule gebracht. Sie fühlte sich nicht wohl. Ich glaube, sie wird krank.«

»Dieses Kind ist dauernd krank... Was hat sie denn jetzt schon wieder?«

»Ich glaube, sie bekommt eine Grippe.«

»Geh mit ihr zum Arzt. Sie ist viel zu blaß. Komm her, mein Kleiner, willst du noch ein Stückchen Schokolade?«

»Mamma, bitte...« Teresas Stimme klang allmählich verzweifelt.

»Laura, sag du es ihr. Das schadet ihm nichts«, gab Mamma Giuberti zurück.

»Also, ehrlich gesagt, ich gebe den Kindern nur wenig Süßigkeiten. Sie verderben sich den Magen«, meinte Laura.

»Na, gut. Dann bekommen sie eben welche von mir, wenn sie hier sind. Wo hast du sie überhaupt gelassen?«

»Sie sind bei meiner Mutter. Sie hat sich beschwert, weil ich sie so selten zu ihr bringe...«, erklärte Laura.

»Wieso? Du bringst sie also zu ihr? Ich hab sie schon seit einer Ewigkeit nicht mehr gesehen...« Mamma Giuberti stemmte die Hände auf die Hüften.

»Aber sie waren doch erst gestern hier!«

»Ja, für zwei Minuten. Du bist ja gleich wieder gegangen.«

»Ich mußte für Paolo das Mittagessen vorbereiten«, sagte Laura halb entschuldigend.

»Ihr hättet genausogut hier essen können.«

»Mamma, ich bitte dich, seit fünf Jahren sagst du immer wieder dasselbe, hör doch endlich mal auf damit... Paolo ist jetzt verheiratet. Er hat seine eigene Wohnung. Reicht es dir nicht, wenn sie dich jeden Tag besuchen?« warf Teresa ein.

»Ich weiß, daß er seine eigene Wohnung hat. Oder meinst du vielleicht, ich weiß das nicht? Aber er könnte wenigstens hier zu Mittag essen. Und du, Laura, müßtest dann auch nicht jeden Tag mit dem Auto fahren. Paolo könnte dich morgens hier absetzen, ihr würdet hier zu Mittag essen und abends wieder zusammen nach Hause fahren.«

»Aber wenn sie es nun mal anders machen wollen?« rief Teresa.

»Du misch dich da nicht ein. Denk noch mal drüber nach, Laura. Ich mach mir wirklich Sorgen um dich... Jeden Tag fährst du mit dem Auto. Das ist gefährlich. Du weißt selbst, wie die Leute rasen.«

»Es ist ja noch nicht einmal ein Kilometer«, erwiderte Laura.

»Ich weiß, ich weiß, aber für mich wäre es eine große Beruhigung. Ich werde noch mal mit Paolo darüber reden. Übrigens, da fällt mir ein, ihr seid doch übermorgen zum Essen hier?« erkundigte sich Mamma Giuberti.

»Übermorgen... Sie meinen am Sonntag?« fragte Laura zurück.

»Genau... also, was ist?«

»Nein, ich glaube nicht. Wir waren erst letzten Sonntag hier. Diesmal sind meine Eltern wieder dran.«

»Aber du siehst deine Eltern doch jeden Tag. Ich bekomme meinen Sohn überhaupt nicht mehr zu Gesicht.«

»Mamma, es geht wirklich nicht.«

»Komm schon... Deine Eltern werden das sicher verstehen.«

»Nein, es geht nicht. Nehmen Sie es mir nicht übel... Es ist nur...«

»Nur das eine Mal...«

»Mamma, sie hat doch gesagt, es geht nicht.« Teresa versuchte, Laura zu unterstützen.

»Es tut mir leid, es geht wirklich nicht. Entschuldigt mich bitte. Ich muß jetzt gehen«, sagte Laura kurz angebunden.

»Du bist doch gerade erst gekommen. Wo willst du denn hin?« fragte Mama Giuberti.

»Ich muß noch einkaufen gehen. Es ist nichts mehr im Haus«, entgegnete Laura.

»Was brauchst du denn? Ich hab alles da.«

»Nein, nein, lassen Sie nur. Das ist nicht nötig, ich muß wirklich selbst einkaufen gehen.«

»Ihr könntet doch wenigstens heute hier essen. Einkaufen gehen kannst du dann heute abend, zusammen mit Paolo.«

»Ich habe auch noch einen ganzen Stoß Bettwäsche zu bügeln«, meinte Laura halb erklärend, halb entschuldigend.

»Bring sie halt zu mir. Du weißt doch, daß ich dir gerne helfe.«

»Ja, ich weiß, danke, aber jetzt muß ich wirklich gehen.«

»Na, gut, ich will dich nicht aufhalten. Kommt ihr heute abend noch vorbei?«

»Ich weiß nicht. Wenn Paolo nicht zu müde ist.«

»Ach was, müde! Ich warte auf euch.«

»Ciao, Teresa.« Laura verabschiedete sich von ihrer Schwägerin und ihrem Neffen. »Gibst du der Tante einen Kuß, Luca? Er ist sehr niedlich! Auf Wiedersehen.«

»Ciao. Ah, Laura! Hör mal. Das hätte ich fast vergessen. Ich hab für Paolo wollene Unterhemden gekauft. Er friert so leicht. Nimm sie ihm mit, ja? Ciao. Und paß auf der Straße auf. Bring die Kinder mal vorbei.«

»Natürlich, bis bald.« Mit diesen Worten ging Laura nach draußen zu ihrem Auto.

»Ich weiß nicht, diese Laura. Ich glaube, sie kann mich nicht leiden«, raunte Mamma Giuberti.

»Sie kommt aber jeden Morgen«, entgegnete Teresa.

»Nur, weil Paolo ihr das gesagt hat, sonst ... Sie will nie etwas von mir annehmen.«

»Dräng es ihr halt nicht auf.«

»Sie hält sich für was Besseres... Ist dir noch nicht aufgefallen, wie mich ihre Eltern behandeln?«

»Meinst du, nur dich? Uns ganz genauso...«

»Ich hab' Paolo schon immer gesagt, das ist nicht die richtige Frau für ihn... Und dann diese Geschichte mit dem Auto... aber nein, sie muß ja unbedingt Auto fahren.«

»Und wieviel sie raucht...«

»Ganz zu schweigen vom Kaffee... Eine ganze Kanne am Tag.«

»Und nicht nur das! Wenn du wüßtest...«

»Wieso, was ist denn?«

»Nichts...«, Teresas Miene nahm einen verschwörerischen Ausdruck an. »Es ist nur wegen ihrer Nachbarn... Diese Signora Vivenza, du weißt schon, die ihnen gegenüber wohnt.«

»Ja, ja, ich weiß. Und?«

»Sie hat mir erzählt, daß sie vor ein paar Tagen gesehen hat, wie Laura auf dem Balkon im Nachthemd herumgelaufen ist. Aber frag nicht, was für ein Nachthemd! Schwarz, und ganz durchsichtig.«

Mamma Giuberti reagierte entsetzt. »Nein?! Ist das wahr?«

»Ja, aber das ist noch lange nicht alles. Weißt du, was sie auf die Wäscheleine hängt? Lauter BHs und Höschen aus Spitze. Die Vivenza wollte es mir erst gar nicht erzählen. Es war nur, weil ihr Mann nicht mehr vom Fenster weggeht. Und nicht nur er alleine! Aber sie, die Freundlichkeit in Person, grüßt Gott und die Welt, als ob nichts wär'.«

»Das ist ja unglaublich.«

»Ich sag' dir, keiner kann sie leiden«, beschwichtigte Teresa.

»Und Paolo? Weiß der was davon?«

»Wer hat schon Lust, ihm sowas zu erzählen? Ich jedenfalls nicht! Ich will meine Ruhe haben.«

»Mein armer Sohn! Kommt abends müde von der Arbeit nach Hause, und schau mal einer an, was er sich da eingehandelt hat.«

»Was willst du machen. Wo ist denn Mario?«

»Er ist heute morgen früh aus dem Haus gegangen.

Angeblich will er sich nach Arbeit umschauen. Er hat noch nicht mal seine Milch getrunken! Aber mir kann er nichts vormachen, ich weiß, was der unter Arbeit versteht...«

»Hat Signor Poletti was von sich hören lassen?«

»Ja, er war heute morgen hier. Nichts zu machen. Er meint, man muß abwarten. Das Problem ist, Mario hat keinen Schulabschluß, und ohne Abschluß...«

»Und was sagt Mario dazu?«

»Du meinst wegen Poletti? Glaubst du vielleicht, ich binde ihm das auf die Nase? Du kennst ihn doch. Du weißt doch, wie stur er ist. Er will alles alleine machen, von Beziehungen will er nichts wissen. Dafür ist er zu stolz. Aber wenn er Geld braucht, ist plötzlich von Stolz keine Rede mehr. Zigaretten, Kino... Wo soll ich das ganze Geld hernehmen? Ich könnte einen Goldesel gebrauchen. Ach, übrigens, jetzt wo wir alleine sind, wollte ich dich fragen, ob du mir nicht etwas borgen kannst. Ich brauche nicht viel... vielleicht hunderttausend Lire. Ich gebe sie dir am Monatsende wieder zurück.«

»Mamma, du weißt doch, das geht nicht. Ich hab' keine einzige Lira im Geldbeutel. Du weißt, Gioacchino verwaltet das ganze Geld. Er gibt mir ein paar Lire zum einkaufen und kontrolliert hinterher noch die Rechnung. Weißt du, wann ich mir das letzte Mal ein neues Kleid gekauft habe? Eine Ewigkeit ist das her! Ich trage noch immer meine Mädchenkleider, die ich mir von der Schneiderin habe ändern lassen. Und die Kinder sind auch nicht viel besser dran!«

»Sag ihm halt, du brauchst das Geld für die Kinder.

Wirklich, ich weiß nicht, wie ich sonst über die Runden kommen soll.«

»Glaub' mir doch, es geht nicht. Warum fragst du nicht Vittoria... vielleicht kann die dir etwas leihen?«

»Die ist gerade die Richtige... Die gibt ihr ganzes Geld für Cremes, Kleider und Parfum aus. Wenn es wenigstens etwas nützen würde. Erst sind sie immer ganz verrückt nach ihr, bringen ihr Geschenke mit und schmeicheln sich bei mir ein. Aber kaum hören sie von Andrea, sind sie weg, auf Nimmerwiedersehen! Wer will sich schon eine Frau mit einem unehelichen Kind aufhalsen?«

»Sie hat es schließlich nicht anders gewollt! Früher hat sie sich ja nicht schlecht amüsiert!«

»Erinnere mich bloß nicht daran. Manchmal würde ich sie am liebsten umbringen, aber Viola geht ja immer dazwischen.«

»Und was macht Andrea?«

»Die schläft den ganzen Tag. Manchmal wacht sie auf und schreit, weil ihre Mutter nicht da ist. Und? Was soll ich machen? Ich hab' ja sonst keine Probleme... Dauernd hat sie Hunger! Literweise trinkt sie Milch. Aber sie ist ein hübsches Kind, bildhübsch. Wenn sie nur nicht diesen Namen hätte...«

»Ich glaube, Vittoria wollte einen Jungen. Deshalb hat sie sie so genannt.«

»Ach was! Wenn du sie hörst, ist Andrea sowohl ein männlicher als auch ein weiblicher Vorname. Du kennst doch ihren Tick mit den Namen. Sie wirft mir heute noch vor, daß ich sie Vittoria genannt habe. Was gibt es daran auszusetzen? Ich finde den Namen schön. Weißt du, wie sie sich nennen läßt? Neulich klingelt das Telefon. Ich heb' ab, und eine Männerstimme fragt: ›Ist Nike da?‹ Kannst du dir vorstellen, wie ich geschaut habe? Ich dachte, da erlaubt sich einer einen Scherz. Also erzähle ich es Vittoria, weil ich dachte, sie lacht darüber. Aber da hättest du sie sehen sollen. Wie eine Furie! Diese Nike, das war sie, verstehst du! Weißt du, was sie zu mir gesagt hat? Ich sei blöd. Zu ihrer eigenen Mutter, stell dir das mal vor! Nike sei ein griechischer Name. Versteh' ich vielleicht griechisch? Ich tu mich schon mit dem Italienischen schwer. Aber sie weiß ja alles besser! Ich darf nicht mehr Viola sagen, nein, es heißt Vìola, weil das angeblich schöner klingt, so exotisch. Und Viola, die dumme Gans, ist ganz selig. Sie ist ganz vernarrt in sie...«

»Genau... darüber wollte ich schon lange mal mit dir reden, Mamma. Ich finde es nicht gut, wenn Viola dauernd mit Vittoria zusammen ist. Viola ist noch ein unschuldiges Kind. Siehst du nicht, daß das kein guter Umgang für sie ist?«

»Ja, ja, ich weiß. Aber sie ist die einzige hier im Haus, die noch mit Vittoria reden kann und sie wieder zur Vernunft bringt, wenn sie einen ihrer hysterischen Anfälle kriegt. Ich für meinen Teil wüßte da zwar andere Mittel... Aber sie schließt sich in ihr Zimmer ein und läßt nur noch Viola rein. Was soll ich machen! Wenn dein Vater noch da wäre...«

»Na ja, paß halt ein bißchen auf. Ich möchte nicht, daß sie ihr verrückte Ideen in den Kopf setzt...«

»Teresa, ich weiß nicht mehr, wo mir der Kopf steht, um wen ich mir zuerst Sorgen machen soll. Nichts als

Probleme... und jetzt auch noch das Geld. Was soll ich nur machen...« Mamma Giuberti schien wirklich der Verzweiflung nahe zu sein.

»Warum fragst du nicht Paolo?« schlug Teresa vor.

»Ja, Paolo... natürlich würde Paolo mir das Geld geben, das weiß ich. Es ist nicht wegen ihm. Aber ich will nicht, daß Laura davon erfährt. Die spielt sich sowieso schon genug auf. Kein Mensch kann sich vorstellen, was es mich gekostet hat, ihn zu verheiraten. Aber es hat Eindruck gemacht. Es mußte einfach sein, verstehst du? Wenn mich die Leute sehen, fragen sie mich heute noch, wie ich es bloß geschafft habe, euch so gut zu verheiraten, so ganz alleine, ohne einen Mann an der Seite. Ihr habt beide wie vornehme Leute geheiratet, du und dein Bruder.« Plötzlich wechselte Mamma Giuberti den Tonfall. »Sag mal, ist das denn wirklich wahr?«

»Was denn?« fragte Teresa verblüfft zurück.

»Das von Laura... Was die Leute über sie reden.«

»Mamma, sie ist selber schuld. Es reicht ihr nicht, die kokette Dame zu spielen, nein, sie ist dazu auch noch eingebildet. Du weißt doch, in ihrem Viertel gibt es dieses kleine Lebensmittelgeschäft. Alle kaufen dort ein. Sie nicht. Sie geht in den Supermarkt, weil das vornehmer ist... Was willst du? Sie ist selber schuld.«

»Ich hab es deinem Bruder schon immer gesagt. Hätte er nicht Lucia heiraten können? Sie ist ein gutes Mädchen, immer höflich und respektvoll. Jedesmal fragt sie mich nach ihm.«

»Ist sie denn immer noch nicht verheiratet?«

»Meinst du, die denkt ans Heiraten? Sie hat ihr Herz

verloren, mein Schatz. Sie geht nie aus dem Haus! Ihre Freundinnen wollen sie abholen, damit sie nicht immer zu Hause sitzt, aber sie geht nicht mit. Sie geht nur hin und wieder mit ihrer Mutter einkaufen. Und wenn sie mich sieht, will sie mir die Einkaufstüten tragen. Wenn du mich fragst, die hätte er heiraten sollen...«

»Psst, sei still... da kommt Mario.«

»Ciao, Mammi. Ciao, Teresa.« Mario schien guter Laune zu sein.

»Na? Wie ist es gelaufen?« wollte Mamma Giuberti gleich wissen.

»Was?«

»Wegen der Arbeit, Mario. Hast du was gefunden?«

»Ach so! Nein, nichts zu machen.«

»Das hätte ich dir schon vorher sagen können. Bei dir ist nie was zu machen.«

»Was hat das mit mir zu tun, wenn es keine Arbeit gibt?«

»Es gibt nicht die, die du willst. Aber wenn du dich mit irgendeiner Arbeit zufriedengeben würdest... Was weiß ich? Warum wirst du nicht Maurer oder Automechaniker«, sagte Teresa.

»Dafür bin ich nicht gemacht.«

»Hör ihn dir bloß an! Und für was bist du gemacht?«

»Weiß ich nicht. Das heißt, ich weiß es noch nicht. Vielleicht werde ich Maler.«

»Sieh mal einer an, wieder mal was Neues. Ich habe mir schon fast Sorgen gemacht, weil dir in der letzten Zeit nichts mehr eingefallen ist... Ans Geldverdienen sollst du denken! Meinst du vielleicht, das Geld regnet vom Himmel herab? Das muß man sich hart verdienen«, sagte Mamma Giuberti.

»Du brauchst dich gar nicht aufzuregen, ich werd' mir mein Geld schon verdienen, keine Sorge. Und wenn ich erst mal selbständig bin, habe ich deine Almosen nicht mehr nötig.«

»Meine Almosen?« Mamma Giuberti war empört. »Jetzt hör mir mal gut zu, mein Junge... Mein ganzes Leben lang habe ich hart gearbeitet, um euch durchzubringen...«

»Hat das einer von dir verlangt?« erwiderte Mario.

»Und wenn du nichts zu essen gehabt hättest?«

»Dann hätte ich halt nichts gegessen.«

»Du redest so daher, weil ich dafür gesorgt habe, daß es dir nie an etwas fehlte.«

»Zählst du deshalb jedesmal meine Schulden auf, wenn ich dich mal um ein bißchen Geld bitte?«

»Du solltest auch manchmal an meine Probleme denken. Dein Bruder...«

»Ich bin nicht mein Bruder.«

»Das brauchst du mir nicht zu sagen. Dem kannst du nicht das Wasser reichen...«

»Der hat doch nur Glück gehabt...«

»Das nennst du Glück? Dein Bruder hat sich Tag und Nacht geplagt, um seinen Posten zu bekommen.«

»Ja, genau, er ist Gott und der Welt die ganze Zeit in den Hintern gekrochen.«

»Aber jetzt kann er seine Familie ernähren, und seine Frau macht sich dabei einen schönen Tag.«

»Weil er nicht wollte, daß sie arbeitet.«

»Das hätte gerade noch gefehlt! Es reicht sowieso schon, was über sie geredet wird...«, zischte Mamma Giuberti und verdrehte dabei die Augen.

Plötzlich war Mario hellwach. »Wieso, was denn?«

»Nichts, gar nichts.«

»Was wird über sie geredet?«

»Mamma... Mario... hört auf«, schaltete sich Teresa ein.

»Los, sag schon! Was wird über sie geredet?« wollte Mario nun wissen.

»Nur die Wahrheit! Daß sie eine Hure ist. Sie läuft nackt auf dem Balkon herum und läßt fremde Männer in die Wohnung, wenn ihr Mann nicht zu Hause ist«, platzte Mamma Giuberti heraus.

»Du bist eine Lügnerin!« rief Mario verblüfft.

»Du glaubst es nicht? Sag es ihm, Teresa.«

»Ich will mich da nicht einmischen.« Teresa winkte ab.

»Siehst du, du lügst.« Triumphierend deutete Mario mit dem Finger auf seine Mutter.

»Ich lüge? Los, Teresa, sag es ihm!«

»Es ist wirklich so, Mario. Man muß sich für sie schämen. Die macht Sachen...«

»Halt den Mund! Du bist ja nur neidisch auf sie«, spottete Mario.

»Ich und neidisch? Worauf sollte ich wohl neidisch sein?« kreischte Teresa.

»Sie sieht gut aus, und du bist eine häßliche Hexe, ein Monster.«

»Mario! Du wirst dich sofort bei ihr entschuldigen!« rief Mamma Giuberti.

»Wieso? Es stimmt doch. Sie ist eine häßliche Hexe...«

»Das reicht! Ich gehe. Komm, Luca... wir gehen.« Teresa winkte ihren Sohn heran.

»Warte, Teresa... Wo willst du hin?«

»Versuche nicht, mich aufzuhalten. Ihr seht mich hier nie wieder. Der ist doch verrückt. Der ist doch völlig übergeschnappt!« Damit fiel die Tür hinter ihr ins Schloß.

»Teresa! Warte! Teresa...« Nachdem sie vergeblich hinter ihrer Tochter hergerufen hatte, wandte sich Mamma Giuberti wieder ihrem Sohn zu. »Bist du nun zufrieden? Sie ist weg.«

»Na und? Wen interessiert das schon!«

»Was fällt dir ein? Du stellst dich gegen deine Schwester, wegen dieser...«

»Wage es nicht! Sonst kommst du auch noch dran, das sag ich dir!«

»Bist du denn wahnsinnig! Sie ist die Frau deines Bruders!«

»Na und?«

»Oh! Wenn jetzt dein Vater da wäre...«

»Laß meinen Vater aus dem Spiel! Der ist gestorben, damit er endlich seine Ruhe vor dir hatte«, sagte Mario voller Sarkasmus.

»Wie kannst du nur? Dein Vater... Hast du das vergessen? Er ist an einem Herzinfarkt gestorben.«

»Alles Ausreden... Die Wahrheit ist: er hatte es satt.«

»Was hatte er satt? Mich...? Oh! Was fällt dir ein, mir solche Sachen zu sagen? Was habe ich nicht alles für euch getan... Beinahe umgebracht habe ich mich für euch... Für dich!«

»Hör endlich auf mit dieser Heuchelei!«

»Verschwinde! Du setzt keinen Fuß mehr in dieses Haus. Raus!« schrie Mamma Giuberti.

»Gut, ich gehe. Ich gehe. Ihr werdet mich hier nie mehr wiedersehen!«

»Wo willst du hin? Ich hab dir gesagt, ich will dich hier nicht mehr sehen!«

»Ich geh meinen Koffer packen. Glaub ja nicht, daß ich noch einmal in dieses Haus zurückkomme. Ich geh für immer weg.« Mario knallte die Tür hinter sich zu.

»Ja, hoffentlich! Geh, geh nur, verschwinde! Mein ganzes Leben lang habe ich mich damit abgeplagt, sie großzuziehen, nichts als Sorgen, und dann ...? Dann muß ich mir sagen lassen, dein Vater, mein Mann hätte sich umgebracht, damit er mich endlich los ist! Oh, lieber Herrgott! Womit hab ich das verdient! Nichts als Liebe habe ich ihnen gegeben. Er, ausgerechnet Mario muß sich beschweren! An nichts hat es ihm gefehlt, immer hat er alles bekommen, was er wollte. Er wollte nicht in die Schule gehen? Und? Hab ich ihn vielleicht dazu gezwungen? Nein... ›Wenn du nicht zur Schule gehen willst, mein Schatz, macht nichts... Such dir halt eine Arbeit.‹ Arbeit!... Von wegen! Den lieben langen Tag herumhängen und faulenzen! Er hat sich umgebracht, weil er es mit mir nicht mehr ausgehalten hat... Oh, mein Gott! Wie weit ist es mit uns gekommen! Aber Schuld hat diese Schlampe! Es hat ihr nicht gereicht, mir einen Sohn wegzunehmen... Nein! Sie muß mir auch noch meinen Mario verrückt machen! Oh, meine Söhne! Ich hab sie großgezogen! Alles ist nur ihre Schuld. Aber der Herrgott wird es ihr schon heimzahlen! Teuer wird sie bezahlen! Er ist wahnsinnig geworden! Stellt sich gegen die eigene Schwester. Und gegen die eigene Mutter! Für diese Schlampe... Paolo war ihr nicht genug. Sie muß sich auch noch an Mario vergreifen! Womit habe ich das verdient? Aber der werd ich's zeigen... Was glaubt die wohl, mit wem sie es zu tun hat? Gegen die eigene Familie...«

»Mamma... Was ist denn los? Was ist passiert?«

»Oh, Vittoria! Gut, daß du da bist.« Mamma Giuberti seufzte tief auf.

»Was hast du? Warum weinst du?« fragte Vittoria besorgt.

»Dein Bruder...«

»Wer? Mario?«

»Ja... Er ist völlig übergeschnappt!«

»Immer dieses Theater wegen der Arbeit!« Vittoria winkte ab.

»Ach was! Wenn es nur das wäre! Es ist viel schlimmer, er ist total verrückt geworden!«

»Aber warum denn? Was hat er denn gemacht?«

»Es ist nicht seine Schuld. Das war diese...«

»Diese, wer?«

»Sie hat ihn bestimmt verhext... verhext hat sie ihn!«

»Was redest du da? Von wem sprichst du überhaupt?«

»Sie will mir meinen Sohn abspenstig machen! Aber der werd ich's zeigen... Die wird mich noch kennenlernen. An den Haaren zerre ich sie aus dem Haus.«

»Was soll das. Was erzählst du da für Geschichten?«

»Einer hat ihr nicht gereicht! Die Schlampe will alle beide für sich!«

»Was für eine Schlampe? Willst du mir nicht endlich sagen, was passiert ist?«

»Das wird sie mir büßen...« Mamma Giuberti war außer sich.

»Schluß jetzt! Wenn du mir nicht sofort erzählst, was hier los ist, fang ich an zu schreien!«

»Was hast du denn schon wieder?«

»Würdest du mir jetzt bitte sagen, von wem du eigentlich sprichst? Wen meinst du mit: diese Schlampe?«

»Wen schon? Deine Schwägerin natürlich!«

»Du meinst Laura? Was hat sie denn getan?«

»Sie hat deinen Bruder um den Verstand gebracht... Mario!«

»Ich verstehe überhaupt nichts mehr...«

Mamma Giuberti begann zu erzählen: »Teresa war heute morgen hier. Wir haben über alles mögliche geredet, und dann hat sie mir von Laura erzählt... sie zeigt sich nackt am Fenster...«

»Typisch Teresa, dieses alte Klatschmaul.«

»Von wegen Klatschmaul, ganz im Gegenteil, sie wollte es mir erst gar nicht erzählen. Die Nachbarin von Laura hat es ihr gesagt, aber nur, weil sie es nicht mehr ausgehalten hat!«

»Also gut. Und was dann?« fragte Vittoria weiter.

»Dann ist Mario gekommen.«

»Und hat alles gehört.«

»Nein... wir haben erst gar nicht darüber geredet. Ich habe ihn gefragt, ob er Arbeit gefunden hat. Ganz freundlich, du kennst mich ja. Dann hat ein Wort das andere gegeben. Ich weiß überhaupt nicht mehr, wie wir eigentlich auf das Thema gekommen sind. Jedenfalls haben wir dann von ihr gesprochen. Ich habe ihm erzählt, was die Leute über sie reden, und Mario... Mario nennt mich eine Lügnerin! Seine eigene Mutter! Nach allem, was ich für ihn getan habe! Ich, eine Lügnerin, wo ich mich für die Wahrheit in Stücke reißen lasse.«

»Na gut... Und dann?«

»Dann hat ihm Teresa gesagt, daß alles stimmt, was über Laura geredet wird, und er... dieser Wahnsinnige! Er wirft ihr eine Menge Schimpfwörter an den Kopf. Wenn ich nicht da gewesen wäre, hätte er sich womöglich noch an ihr vergriffen! Deine arme Schwester hat zu weinen angefangen, und dann ist sie gegangen.«

»Teresa hat zu weinen angefangen?«

»Na ja, richtig geweint hat sie nicht. Aber viel hat nicht mehr gefehlt.«

»Aha, ich wollte schon sagen...«

»Jedenfalls ist sie gegangen. Ich habe versucht, Mario wieder zur Vernunft zu bringen, aber er... Weißt du, was er gesagt hat?«

»Bitte, fang nicht wieder zu weinen an.«

»Du hast leicht reden. Wenn du wüßtest...«

»Was hat er gesagt?«

»Daß ich..., daß dein Vater... Oh, wie konnte er nur? Trotz all der Liebe und Fürsorge...« Mamma Giuberti stockte. »Ja, ja, ich sag's dir ja schon. Dein Vater, verstehst du, er hat deinen Vater schlecht gemacht... Nicht mal mehr vor den Toten hat er Respekt. Ich ... er meinte, es wäre meine Schuld. Ich bin es gewesen, die... dein Vater...«

»Ich verstehe kein Wort.«

»Er hat gesagt, daß dein Vater, dieser herzensgute Mann... daß er gestorben ist... wegen mir, verstehst du? Weil er es mit mir nicht mehr ausgehalten hat! Aber du, Vittoria, du erinnerst dich doch noch, wie er gestorben ist? Du erinnerst dich doch noch, oder? Du weißt doch genau, wie gerne er mich hatte...«

»Und wo ist Mario jetzt?«

Mamma Giuberti sackte auf den nächstbesten Stuhl nieder. »Er packt seinen Koffer. Er geht weg. Ich habe ihn rausgeworfen. Aber es ist nicht seine Schuld. Daran ist nur diese Schlampe schuld... Sie hat den bösen Blick...«

»Also wirklich, ich bitte dich!«

»Davon verstehst du nichts! Du hast nicht gesehen, wie er sich aufgeführt hat! Mein Sohn! Der Teufel ist in dieses Haus gefahren! Der Teufel... Gegen seine eigene Mutter hat er sich gestellt, gegen die eigene Mutter!«

Mit rotem Kopf tauchte Mario im Türrahmen auf.

»Mario! Wo willst du denn hin, mein Schatz?«

Fahrig antwortete Mario: »Ich gehe. Ah, Vittoria, du bist ja auch da...«

»Warte... Ich habe es nicht so gemeint! Ich weiß, es ist nicht deine Schuld.« Mamma Giubertis Stimme hatte etwas Flehendes.

»Es ist nun mal entschieden. Ich kann hier nicht mehr bleiben«, gab Mario zurück.

»Mario, du kannst doch nicht einfach so gehen. Mach

dir keine Sorgen, ich kenne da eine Frau, zu der werde ich dich bringen. Die wird dich wieder heilen«, erklärte Mamma Giuberti.

»Von was redet die da eigentlich?« fragte Mario, an Vittoria gewandt.

Mamma Giuberti plapperte weiter: »Sie versteht was davon, sie kann dich vom bösen Blick befreien. Und anschließend lassen wir diese... du weißt schon... die lassen wir verwünschen. Die wird schon noch lernen, uns in Ruhe zu lassen.«

»Du bist ja völlig verrückt«, entgegnete Mario. »Wag es nicht, ihr irgend etwas anzutun. Du bist es nicht wert, ihren Namen auszusprechen!«

»Siehst du jetzt, wie er sich aufführt? Rede du mit ihm, Vittoria!« rief Mamma Giuberti.

»Meinetwegen«, erwiderte Vittoria. »Aber du gehst solange nach oben.«

»Ja, ja, schon gut, ich gehe nach oben. Aber rede mit ihm... Bring ihn wieder zur Vernunft... Ich hab dir ja gesagt, er ist verrückt geworden!«

Mario unterbrach. »Vittoria, es hat keinen Sinn. Ich muß hier weg. Sie hat mich rausgeworfen.«

»Komm, setz dich. Können wir nicht einen Augenblick miteinander reden?« bat Vittoria.

»Ich wüßte nicht worüber. Ich kann hier nicht mehr bleiben. Ich muß hier weg.«

Unterdessen entfernte sich Mamma Giuberti und stieg schluchzend die Treppe hinauf.

»Mario«, begann Vittoria, »wir sind fast gleichaltrig, wir beide... Du weißt genau, was ich in den letzten Jahren durchgemacht habe... Wer könnte dich besser verstehen als ich? Warum willst du dich mir nicht anvertrauen? Vielleicht kann ich dir helfen.«

»Ich wüßte nicht, was ich dir anvertrauen sollte. Es ist nur wegen Laura...«

»Wieso? Bist du in sie verliebt?«

»Nein! Was soll das!? Aber die sind alle so gemein, sie sagen, sie sei eine...« Mario fing an, im Zimmer auf und ab zu gehen.

»Du weißt doch, wie gehässig die Leute sind... Was meinst du, was die alles über mich sagen!«

»Aber Laura ist sehr schön...«

»Ja, sicher, sie sieht gut aus.«

»Die sind doch nur neidisch auf sie.«

»Klar sind die neidisch.«

»Und außerdem ist sie ganz anders als alle anderen...«

»Stimmt, sie ist anders.«

»Keiner versteht sie. Auch Paolo nicht.«

»Paolo liebt sie.«

»Das ist nicht wahr! Er liebt sie nicht, und sie leidet darunter.«

»Wieso? Willst du damit sagen, sie hat Probleme mit Paolo?«

»Ja. Manchmal, wenn sie hier ist, schließt sie sich ins Bad ein und weint.«

»Und was sagt Mamma dazu?«

»Die merkt das doch gar nicht, keinem hier fällt so was auf. Nur mir!« Mario blieb stehen.

»Du bist halt sehr sensibel.«

»Ja, genauso wie sie.«

»Und du bist in sie verliebt...«

»Nein!« wehrte Mario ab. »Ich möchte nur, daß sie glücklich ist.«

»Ist sie denn nicht glücklich?«

»Nein.«

»Und woher willst du das wissen?«

»Das hat sie mir selber gesagt.«

»Wann denn?«

»Einmal habe ich sie mit rot verweinten Augen gesehen. Ich hab sie gefragt, warum sie geweint hat, und da hat sie mir alles erzählt.«

»Was hat sie dir erzählt?« insistierte Vittoria.

»Na ja, daß sie halt nicht glücklich ist.«

»Sicher. Aber warum nicht?«

»Sie hat eben Probleme.«

»Ja, aber welche denn?«

»Das kann ich dir nicht sagen.«

»Und warum nicht?«

»Weil sie mir vertraut. Ich kann ihr Vertrauen nicht enttäuschen.« Mario blickte zum Fenster hinaus.

»Aber mir vertraust du doch auch, oder?« sagte Vittoria.

»Ja... natürlich.«

»Na also.«

»Ich kann nicht.«

»Ich erzähle keinem ein Sterbenswörtchen davon. Ich schwör's dir.«

»Wirklich, Vittoria... Ich kann nicht.«

»Du kannst dich auf mich verlassen.«

Mario blickte Vittoria wieder an. »Du schwörst es also?«

»Ich schwöre es.«

»Na ja ... Sie hat Probleme, weil ... Aber du versprichst mir, wirklich mit niemandem darüber zu reden ... Also, sie ist furchtbar eifersüchtig ...«

»Eifersüchtig? Auf wen denn?«

»Auf Paolo.«

»Auf Paolo? Hat sie denn einen Grund dafür?«

»Sie liebt ihn.«

»Und er?«

»Er? Was ist mit ihm?«

»Betrügt er sie?«

»Sie glaubt es jedenfalls ... Sie ist halb wahnsinnig vor Eifersucht. Du kannst mir glauben, er liebt sie nicht.«

»Natürlich liebt er sie.« Vittoria lachte auf.

»Er liebt sie nicht. Was sie braucht, ist mehr Verständnis und mehr Zärtlichkeit.«

»Und darüber spricht sie mit dir?«

»Nur dieses eine Mal ... Sie hat eben gespürt, daß ich sie mag.«

»Du magst sie also doch.«

»Natürlich mag ich sie, aber ich bin nicht in sie verliebt.«

»Schade!« rief Vittoria spontan.

»Was meinst du damit?«

»Ich meine, schade, daß du nicht in sie verliebt bist.«

»Wieso sollte ich?«

»Vielleicht ginge es ihr besser, wenn sie wüßte, daß jemand ...«

»Daß jemand was?«

»Sie liebt... Du natürlich nicht.«

»Und warum nicht ich?« fragte Mario nun.

»Du bist schließlich ihr Schwager.«

»Na und? Was heißt das schon.«

»Das kannst du nicht machen. Du darfst das nicht.«

»Aber wenn ich nun tatsächlich in sie verliebt wäre? Was wäre dann?«

»Siehst du, du bist also doch in sie verliebt.«

»Ich habe gesagt, wenn...«

»Was heißt schon wenn...? Wenn du nicht in sie verliebt bist, seh ich auch kein Problem.«

»Aber mal angenommen, ich wäre doch in sie verliebt?«

»Ich jedenfalls wäre voll auf deiner Seite«, sagte Vittoria.

»Meinst du das ehrlich?« entgegnete Mario.

»Natürlich.«

»Also, was meinst du, was können wir machen?«

»Ich könnte mit ihr reden«, schlug Vittoria vor.

»Nein. Das hat keinen Sinn. Sie liebt doch Paolo.«

»Und wenn sie nun herausfinden würde, daß er sie betrügt?« fragte Vittoria listig.

»Wieso? Betrügt er sie denn?« Mario verstand nicht sofort.

»Nein... Woher soll ich das wissen? Ich meine nur... Ich könnte ihr irgendeine Geschichte erzählen.«

»Das will ich nicht. Ich will ihr nicht weh tun.«

»Aber dann hättest du sie für dich.«

»Vittoria, sie liebt mich nicht!«

»Woher willst du das wissen? Laß es mich doch einfach mal ausprobieren.«

»Nein, nein. So hat das keinen Sinn.«

»Wenn sie ihn verläßt, hast du grünes Licht.«

»Aber ich...«

In diesem Moment hörte man Schritte von der Treppe.

»Still! Da kommt Mamma!«

Mamma Giuberti trat ein.

»Na... hast du ihn wieder zur Vernunft gebracht?«

»Alles in Ordnung. Ich bleibe«, verkündete Mario.

Von allen Geschwistern war Vittoria die leichtfertigste, oder zumindest fand das ihre Mutter, die nach den Richtlinien von Religion und konventioneller Moral urteilte. Aber eigentlich war Vittoria alles andere als unmoralisch. Es waren nur die Lebensumstände, die sie zu einem unmoralischen Lebenswandel gezwungen hatten. Vittoria hatte sich ihnen ergeben, weil es ihr unmöglich war, bestimmte Tatsachen des Lebens zu erkennen und von ihren Traumvorstellungen zu unterscheiden. Sie mochte Mario keineswegs mehr als Paolo. Beide waren sie ihre Brüder, und wenn Mario mit Laura verheiratet gewesen wäre und Paolo der unglücklich Verliebte, hätte sie sicher keinen Moment gezögert, sich auf Paolos Seite zu stellen. Sie liebte dramatische Situationen. Die Vorstellung einer Liebe, die keine Erfüllung finden konnte, regte sie über alle Maßen auf. Vermittlerin zu spielen und das Netz für eine außergewöhnliche Liebesgeschichte zu spinnen, gaben ihr das Gefühl, lebendig zu sein, fast so, als ständen die Liebenden unter ihrem Schutz... Im übrigen hatte sie dem Bruder nicht aus reiner Nächstenliebe ihre Hilfe versprochen. Auch nicht aus dieser Art von Solidarität, die einen dazu bringt, sich mit den Problemen anderer Leute zu befassen, im trügerischen Gefühl, dadurch die eigenen zu lösen, oder zumindest zu vergessen. Sie wollte ganz einfach nur erreichen, daß Mario um jeden Preis zu seiner Liebe stand. Und sie hatte sich entschieden, dann, und nur dann, die Rolle der Kupplerin zu übernehmen, ohne bisher eine genaue Vorstellung davon zu haben, wie sie das eigentlich anstellen wollte. Sie wußte nun, daß Laura Probleme hatte, und das setzte bei ihr viele Überlegungen in Gang. Sie hatte nicht etwa Mitleid mit der Schwägerin oder Verständnis für sie, auch keine Zuneigung. Das einzige, was sie an der Sache interessierte, war die Eifersucht... Vittoria, ständig verliebt, stellte plötzlich fest, daß ihr dieses Gefühl völlig fremd war, und sie war in einem gewissen Sinne fast neidisch auf Laura. Mit leidenschaftlichen Gefühlen verband Vittoria Seelenqualen und Tränen. Das hatte bei ihr aber eher den Beigeschmack eines Melodramas als den wahrer Leidenschaft. Wieviel lieber hätte sie ein Jahrhundert früher gelebt, um das Recht zu haben, auf Schritt und Tritt in Ohnmacht zu fallen, verzehrenden Liebeserklärungen zu lauschen, um dann vielleicht, als Krönung dieses romantischen Lebens, an Schwindsucht zu sterben. Ihre Tochter, Andrea, hatte sie unter allen Umständen haben wollen, und zwar aus verschiedenen Gründen. Der Gedanke an eine Abtreibung hatte sie erschreckt, so wie ihr jeder Eingriff in ihren Körper zuwider war. Nur als die Wehen eingesetzt hatten, waren ihr für einen Augenblick Zweifel an ihrer Entscheidung gekommen. In diesem Moment hatte sie Giovanni, sein Kind und sich selbst verflucht. Sie konnte keine Schmerzen ertragen, denn sie gehörten der Wirklichkeit an. Nur seelische Schmerzen waren für sie Teil dieses Melodramas, in dem sie ihre Rolle spielen konnte. Körperlichen Schmerzen jedoch hatte sie nichts entgegenzusetzen. Während der Geburt hatte sie sich auch vorgestellt, wie es wäre, wenn sie jetzt sterben würde. Der Gedanke war ihr nicht unsympathisch gewesen. Aber dann hatten die Schmerzen wieder nachgelassen, und sie war enttäuscht zurückgeblieben. Die Schwangerschaft war ohne Komplikationen verlaufen, sie hatte kaum Beschwerden gehabt. Die kleine Andrea hatte sich nur sehr selten bei ihrer Mutter bemerkbar gemacht, die dickköpfig darauf beharrte, weiterhin enggeschnittene Kleider zu tragen. Das war nicht nur unbequem, sondern auch mehr als unvorteilhaft. Aber der Spiegel warf Vittoria immer das Bild eines schönen und sinnlichen Mädchens zurück, dem man nichts von dieser Schwangerschaft ansah. (War das denn eigentlich alles wirklich wahr oder wieder eine dieser Rollen, in die sie sich nur zu oft hineinversetzt hatte?) Natürlich weiß jeder, daß nichts so trügerisch ist wie das eigene Spiegelbild. Das, was der Spiegel wirklich zeigte, war das Bild einer Vittoria im Minirock, Bluse, Pumps mit Pfennigabsätzen und einem dicken Bauch. Es war lächerlich und mitleiderregend zugleich und verursachte außerdem dieses abstoßende Gefühl, was man der Vulgarität gegenüber nur schwer unterdrücken kann. Vittoria war noch immer hübsch, sehr hübsch sogar. Man hätte sie vielleicht sogar schön nennen können, wenn sie akzeptiert hätte, schwanger zu sein und dieses neue Gefühl, Mutter zu werden, angenommen hätte. Wenn ihr Lächeln weich und sanft gewesen wäre und ihre Gesichtszüge diesen Ausdruck zwischen Erwartung und Geduld gehabt hätten. Aber Vittorias Gesicht hatte einen gierigen Ausdruck, ihre Augen hatten einen hungrigen und lüsternen Blick, und ihr Lächeln war übertrieben und gekünstelt. Je sichtbarer ihre Schwangerschaft wurde, um so mehr preßte sie die arme Andrea in diese engen Kleider ein, bis sie schließlich selbst kaum noch atmen konnte. Ihre Mutter, Mamma Giuberti, hatte kein Erbarmen mit ihr. Sie warf ihr die infamsten Wörter aus ihrem diesbezüglich reichhaltigen Vokabular an den Kopf, lachte ihr ins Gesicht und beleidigte sie, wo sie nur konnte. Dann wurde Andrea geboren, und für kurze Zeit war Vittoria wirklich glücklich. Sie hatte eine neue und aufregende Rolle gefunden, die der unehelichen Mutter... Sie fühlte sich als eine Heldin, die bereit war, es mit allem und jedem aufzunehmen. Die aus Liebe zu ihrer Tochter Vorurteile in Kauf nahm und eine katastrophale finanzielle Situation. Die ihren verletzten Stolz vergaß und auch den Schmerz, verlassen worden zu sein. Für eine Woche liebte sie diese Tochter wirklich sehr, kaufte ihr die schönsten Babykleidchen und badete sie zwei- oder dreimal am Tag. Sie übertrug ihre eigene Eitelkeit auf Andrea, cremte und parfümierte sie, abonnierte eine einschlägige Zeitschrift und hortete Wäsche und Spielzeug. Ungeduldig wartete sie darauf, daß dem Baby endlich die Haare wuchsen, damit sie ihm genauso eine Frisur machen konnte, wie sie selbst als Kind gehabt hatte... Sie stellte sich eine Andrea mit blauen Augen und blonden Haaren vor und fuhr sie im Kinderwagen spazieren, um ihr die Stadt zu zeigen und den Park, wo es passiert war. (In Wirklichkeit erinnerte sie sich sehr genau daran, daß sie die besagte Nacht in einem Hotel verbracht hatte. Aber es widerstrebte ihr, die Kleine so zu schockieren.) Sie erträumte sich für Andrea eine Zukunft in Reichtum, Ruhm und Ehre, an der Seite irgendeines berühmten Mannes. Sie gab sich jede erdenkliche Mühe, an der Tochter irgendwelche Spuren einer kreativen Begabung festzustellen. Sie erzählte ihr von einem millionenschweren Fürsten, der angeblich ihr Vater sei und der Vittoria unbedingt habe heiraten wollen. Aber sie habe sich in dieser aristokratischen Umgebung nicht wohlgefühlt. Sie habe ihm deshalb, nach einer kurzen Bedenkzeit, ihr Jawort verweigert und auch auf die großzügige materielle Hilfe verzichtet, die ihr der Fürst angeboten habe (Millionen von Lire, jede Woche...). Sie habe ihn verlassen, und er sei in düsterster Verzweiflung zurückgeblieben. Ein wenig davon war allerdings wirklich wahr. Nun gut, Giovanni war zwar kein Fürst, aber er hatte Geld. Verschwiegen hatte sie, daß er die Vaterschaft nicht anerkennen wollte, die Kontrollen, denen sie sich deshalb unterziehen mußte, die Tatsache, daß es ihm nicht einen Augenblick lang in den Sinn gekommen war, sie zu heiraten. Aber stimmte es vielleicht nicht, daß sie zu stolz gewesen war, auch nur eine einzige Lira von ihm anzunehmen? Sicher, es waren nicht gerade Millionen, auf die sie da jeden Monat verzichtete, aber monatlich fünfhunderttausend Lire waren schließlich auch nicht zu verachten... Sie hatte ihm mit hocherhobenem Kopf geantwortet: »Ich brauche deine Almosen nicht. Es ist mein Kind, und ich werde es alleine großziehen. Aber du hast keinen Anspruch darauf und darfst es nie besuchen. Ich will nichts mehr mit dir zu tun haben!« Die ganze Schwangerschaft über hatte sie diesen Vorsatz auch eingehalten. Dann, als die Kleine geboren war, hatte Vittoria es gutgemeint und ihm eine Karte geschickt mit der Aufschrift: *Andrea ist da.* Sie hatte insgeheim gehofft, wenigstens die Neugier, ob es ein Junge oder ein Mädchen war, würde ihn dazu bewegen, etwas von sich hören zu lassen. Aber er hatte nicht einmal geantwortet. So hatte sie sich, für eben diese eine Woche, entschieden, dieses Ungeheuer zu vergessen und sich ganz und gar der Kleinen zu widmen. Aber Andrea war ein Baby wie alle anderen, und man mußte ihr, wie allen anderen Babys auch, hin und wieder die Windeln wechseln, was der frischgebackenen Mutter außerordentlich lästig war. Doch wenn es nur das gewesen wäre... Andreas Augen waren nicht blau, und wenn man genau hinschaute, hätte man sogar meinen können, sie schielt ein bißchen. Schielen war vielleicht etwas übertrieben, aber immerhin hatte sie einen leichten Silberblick. So etwas tut der Mutterliebe natürlich keinen Abbruch, aber es setzt der Euphorie doch einen kleinen Dämpfer auf...

Und siehe da, Vittoria begann sich wieder für ihre eigene Person zu interessieren. Sie bezog ihre Eitelkeit wieder auf sich und nicht mehr auf die Tochter, träumte wieder von einer reichen Zukunft für sich selbst und begann wieder auszugehen. Das Baby, das ihr dabei im Wege war, überließ sie der Pflege ihrer Mutter. Solange Vittoria mit ihrer Tochter beschäftigt gewesen war, war ihr der Gedanke an Rache nicht in den Sinn gekommen. Doch nun, nachdem Andrea von der Großmutter versorgt wurde, hatte sie keine Aufgabe mehr. Es wurde ihr langsam lästig, Mutter zu sein. So entschloß sie sich also, bei Giovanni vorzusprechen. In einem knapp geschnittenen roten Kleid, das noch immer viel zu eng war (aber der Spiegel zeigte ihre gut proportionierten üppigen Formen), hochhackigen roten Pumps und dem Baby im Arm begab sie sich zu Giovannis Büro. Ohne anzuklopfen, öffnete sie die Tür, durchquerte, ohne sich um die Blicke der Kollegen zu kümmern, den Raum, legte Andrea auf seinen Schreibtisch und baute sich breitbeinig, mit den Händen an den Hüften vor ihm auf. Einige Sekunden war alles still, dann platzte sie heraus: »So, und jetzt übernimm deine Verantwortung.« Giovanni verlor keinen Augenblick die Fassung. Ungerührt bat er die Kollegen, für einen Moment den Raum zu verlassen, forderte Vittoria dann auf, Andrea wieder von seinem Schreibtisch zu nehmen, und fragte, welche Ausbildung sie habe. Dann schickte er sie wieder nach Hause. Nach zwei Wochen ohne ein Lebenszeichen von ihm, erschien Vittoria, diesmal in Minirock und Pelzjacke, wieder in seinem Büro, legte Andrea vor ihn hin und wiederholte: »Du sollst deine Verantwortung übernehmen.« Mit noch eisigerer Zurückhaltung als letztesmal, forderte Giovanni sie auf, Andrea von seinem Schreibtisch zu nehmen, und teilte ihr mit, sie könne sich schon am nächsten Tag beim Rektor der Grundschule ›Leonardo da Vinci‹ melden, um eine Stelle als Lehrerin anzutreten.

Vittoria warf stolz den Kopf zurück, fuhr sich mit der Hand durchs Haar und fragte: »Glaubst du, ich bin gekommen, weil ich auf deine Hilfe angewiesen bin?« Giovanni antwortete nur knapp: »Verschwinde.«

Nach kurzem Protest verließ sie leicht beschämt und ohne weitere Einwände das Büro. Sie schloß zufrieden die Tür hinter sich und berichtete, zu Hause angekommen, der Mutter, man habe ihr eine Stelle als Lehrerin angeboten, ohne daß sie dafür auch nur eine einzige Prüfung ablegen müsse. Von diesem Tag an verlor Vittoria auch noch den letzten Funken Interesse für ihre Tochter. Sie war jetzt viel zu sehr damit beschäftigt, ihre eigenen Träume von Liebe und Reichtum zu verwirklichen, denn jetzt sah es so aus, als würden sich ihr tatsächlich einige reelle Chancen bieten. In letzter Zeit hatte sich ihr Interesse auf einen Mann von fünfunddreißig Jahren konzentriert, der seit einem Jahr Witwer war. Es handelte sich um den Vater von Silvio, einen hübschen Jungen von sieben Jahren. Der Kleine war, oberflächlich betrachtet, ein ganz normaler Junge, der gerne zur Schule ging und sich sehr eng an Vittoria, seine Lehrerin, angeschlossen hatte. Das allerdings war keineswegs reiner Zufall. Vittoria verteilte die guten Noten in seinen Heften genauso großzügig wie das Lob über sein artiges Benehmen und sein nettes Aussehen. Jeden Tag nach dem Unterricht begleitete sie ihn nach Hause. Der Vater, ein Bankangestellter namens Maurizio Donati, war ein Mann, der von Natur aus ziemlich verschlossen war, was sich nach dem

Tod seiner Frau, die an einem Tumor gestorben war, noch verstärkt hatte. Er kümmerte sich nicht besonders um seinen Sohn. Dessen Leistungen in der Schule waren ihm ziemlich gleichgültig, und er empfand die täglichen Besuche dieser Frau, auch wenn sie die Lehrerin seines Sohnes war, als sehr aufdringlich. Der kleine Silvio war sich völlig bewußt, daß seine Mutter gestorben war. Er hatte ihr sogar die Tränen getrocknet, als sie ihm auf dem Totenbett erklärt hatte, sie müsse nun auf eine lange Reise gehen. Aber innerlich war er darüber sehr wütend gewesen. Warum mußten ihn alle so behandeln, als wäre er noch ein kleines Kind? Er kannte den Tod, er hatte begriffen, was der Tod bedeutet, als Lucio, sein Goldfisch, gestorben war. Warum schloß ihn seine Mutter aus?... Das machte ihn nur noch trauriger. Er konnte ihr nicht einmal die Wahrheit sagen, mußte sie täuschen und so tun, als ob er nicht verstehen würde, damit sie nicht noch mehr litt. Und jetzt, nach einem Jahr, war da wieder jemand, der sich um ihn kümmerte, ihn verwöhnte und beschützte. Silvio konnte es gar nicht fassen. In den seltenen Augenblicken, in denen der Vater ihn nach der Schule fragte, floß er vor Begeisterung für diese Lehrerin über. Klassenkameraden, Freundschaften oder Spiele waren ihm gleichgültig geworden, für ihn gab es nur noch Vittoria... Vittoria ihrerseits, nachdem sie nun vergeblich auf cin Entgegenkommen oder zumindest ein winziges Zeichen von seiten des Vaters gewartet hatte, der ihrer Meinung nach allen Grund zur Dankbarkeit hatte, begann sich nun eine neue Taktik zu überlegen. Sie fing nun an, den Jungen strenger zu behandeln. Sie warf ihm vor, er sei ständig zerstreut und unaufmerksam, gab ihm schlechtere Noten und rief ihn immer häufiger auf in der Absicht, ihn unvorbereitet zu erwischen. Einige Wochen später, der kleine Silvio war wieder einmal in Tränen aufgelöst, fand sie es schließlich unerläßlich, den Vater anzurufen, um ihn über den besorgniserregenden Leistungsabfall seines Sohnes in der Schule zu informieren. Der Vater stellte sich taub, und der Junge mußte noch viele Tage lang die ständigen Vorwürfe seiner Lehrerin ertragen und ihre Drohungen, ihn von der Schule zu verweisen. Silvio seinerseits versuchte, sich um jeden Preis zu rechtfertigen. Ja, es stimmte, im Augenblick konnte er sich nicht mehr an das Gedicht erinnern. Aber er hatte es stundenlang auswendig gelernt, das konnte er schwören! Er war an dem Punkt angelangt, praktisch nicht mehr lesen zu können. Doch Vittoria setzte gnadenlos nach und schrie ihn an, sie müsse sofort mit seinem Vater reden. Entnervt beschloß sie eines Tages, nachdem sie ihn nach Hause begleitet hatte, auf den Vater zu warten, um diese unangenehme Angelegenheit endlich zu klären oder doch zumindest darüber zu reden. Maurizio kam jeden Tag, in der üblichen Mittagspause von einer Stunde, nach Hause. Er haßte diese Mittagspause, weil er gezwungen war, sich wie ein Verrückter abzuhetzen, denn die Bank, in der er arbeitete, lag im Stadtzentrum und seine Wohnung am Stadtrand. Dazu kam, daß um die Mittagszeit immer viel Verkehr herrschte. Die Strecke schneller als in zehn Minuten zu schaffen war ausgeschlossen. Zum Glück ging Silvio einkaufen und deckte den Tisch. So sparte er dem Vater einige kostbare Minuten.

Kaum hatte Maurizio an jenem Tag die Tür hinter sich geschlossen, sah er auch schon den ungedeckten Tisch und die beiden, die schweigend dasaßen und ihm erwartungsvoll entgegenblickten. Sein Gesichtsausdruck wurde noch finsterer als sonst. Er legte den Mantel über eine Stuhllehne und sagte »Guten Tag«. Vittoria antwortete ebenfalls »Guten Tag«. Maurizio schwieg nun und hoffte, Vittoria würde begreifen, wie ungelegen sie ihm kam, aber sie strich sich nur durch die Haare und wartete unbeirrt ab.

»Es tut mir leid, ich würde Sie gerne zum Mittagessen einladen, aber unsere Mahlzeiten sind immer sehr bescheiden...«

»Machen Sie sich keine Umstände, Signor Donati, ich esse immer sehr viel später. Der Grund, warum ich hier bin, und ich hoffe, Sie verzeihen mir mein Eindringen, ist... es ist wegen Silvio, Ihrem Sohn...«

»Entschuldigen Sie bitte, wenn ich Sie unterbreche, Signorina...?«

»Giuberti, aber Sie können mich Vittoria nennen.«

»Ich sagte schon, Signorina Giuberti, es tut mir leid, aber ich habe nur eine knappe Stunde Mittagspause.«

»Oh, lassen Sie sich von mir nicht stören. Fangen Sie ruhig an zu essen. Dabei können wir über Silvio sprechen... Wissen Sie, ich habe Ihren Sohn sehr gerne, stimmt's, Silviuccio? Vielleicht nicht gerade wie eine Mutter, aber ich würde doch wagen zu behaupten, wie eine ältere Schwester.«

Maurizio Donati stellte Brot, Butter und Oliven auf den Tisch.

»Wenn Sie zugreifen möchten.«

»Nein, nein. Wirklich, vielen Dank. Ich sagte Ihnen, Silvio macht mir Sorgen. Bis vor einiger Zeit war er ein Musterschüler und beteiligte sich aufmerksam am Unterricht, aber jetzt... Er ist lustlos, lernt nicht, weigert sich zu lesen. Ich, ich glaube, das Trauma so kurz nach...«

»Seine Mutter ist vor einem Jahr gestorben.«

»Genau! Für ein Kind in seinem Alter ist es nicht leicht mitanzusehen, wie die anderen Mütter in die Schule kommen, sich um alles kümmern...«

»Silvio hat mich«, entgegnete Maurizio, während er im Kühlschrank nach etwas Eßbarem suchte.

»Natürlich, aber... Auf Ihren Schultern lastet zuviel Verantwortung. Ich möchte mich nicht in Ihr Privatleben einmischen, aber ich würde Ihnen raten...«

Maurizio richtete sich abrupt auf. »Signora Giuberti! Ich danke Ihnen wirklich sehr für Ihr Interesse und die Zuneigung, was meinen Sohn anbetrifft, aber ich möchte Sie dringend bitten, sich aus meinem Privatleben herauszuhalten!«

Vittoria griff nach ihrer Handtasche. »Entschuldigen Sie. Ich... ich war nur besorgt wegen Ihres Sohnes. Das heißt, ich werde mich in Zukunft ihm gegenüber wie eine ganz normale Lehrerin verhalten!«

»Dafür wäre ich Ihnen sehr dankbar.«

Nach diesen Worten stand Vittoria auf und wandte sich zum Gehen. »Auf Wiedersehen, und entschuldigen Sie die Störung. Ciao, mein Kleiner.«

»Ciao, Vittoria. Vittoria... magst du mich?« stammelte Silvio.

Trotz seines Mangels an sichtbarem, spürbarem Interesse liebte Maurizio seinen Sohn.

Zu sehen, wie er jeden Tag trauriger wurde, jetzt, wo Vittoria von der Strenge zur Gleichgültigkeit übergewechselt war, bedrückte ihn sehr. Er entschloß sich deshalb zwei Wochen nach diesem Gespräch, sie in der Schule aufzusuchen und mit ihr zu reden. Es war am Tag, nachdem Vittoria ihrem Bruder versprochen hatte, seine Liebe zu Laura zu unterstützen... Maurizio entschuldigte sich bei ihr und lud sie noch für denselben Abend, zusammen mit Silvio, zum Essen in ein Restaurant ein. Vittoria war, natürlich nur Silvio zuliebe, sofort einverstanden.

»Vìola! Vìola!!«

»Vittoria... Was ist? Was hast du?«

»Oh, Vìola! Wenn du wüßtest...«

»Was ist denn passiert? Erzähl schon«, drängte Viola die ältere Schwester.

»Maurizio...«

»Du meinst, der Vater von Silvio?«

»Ja.«

»Was ist mit ihm?«

»Er war heute in der Schule.«

»Um sich bei dir zu entschuldigen?«

»Nicht nur das... ich bin ja so glücklich.«

»Jetzt erzähle doch endlich.«

»Er ist mit einem großen Strauß Rosen erschienen... gelben Rosen!«

»Gelbe? Genau die, die du am liebsten magst! Woher hat er das denn gewußt?«

»Oh, Vìola, das ist eben eine glückliche Fügung! Er hat sich bei mir entschuldigt.« Und nach einer dramatischen Pause fuhr Vittoria fort: »Er hat mich zum Essen eingeladen.«

»Für wann?«

»Für heute abend! Stell dir vor! Er führt mich zum Essen aus!«

»Wie schön... Und wo geht ihr hin?«

»Was weiß ich. In irgendein elegantes Restaurant. Er liebt mich, das spüre ich!«

»Meinst du, ihr werdet heiraten?«

»Bestimmt! Silvio ist ganz verrückt nach mir, und er, Maurizio... Wenn du sehen würdest, wie er mich anschaut!« Violas Augen wurden ganz feucht. »Vìola... Was hast du denn plötzlich?«

Viola rang um Fassung. »Nichts. Es ist nur... Ich freue mich so für dich. Wohnt er weit weg von hier?«

»Viola... Gib zu, du hast Angst, wir müßten uns dann trennen. Aber da täuschst du dich. Du und ich, wir beide werden immer zusammenhalten, verstanden? So, aber jetzt muß ich mich beeilen... Was soll ich bloß anziehen? Ich muß mich auch noch zurechtmachen.«

»Aber es ist doch noch viel zu früh.«

»Ich muß absolut perfekt aussehen. Mein Gott, wie ich ausschaue! Sieh dir nur die Haare an. Ich muß sie gleich waschen. Vìola, du gehst inzwischen zu Teresa. Frag sie, ob sie mir ihren Pelzmantel leiht.«

»Wie soll ich denn dahin kommen?«

»Ich bitte dich. Das ist die Chance unseres Lebens. Du willst doch nicht, daß ich sie verpasse.«

»Na gut. Vielleicht kann Mario mich mit dem Auto hinfahren. Ach, übrigens, ich soll dir von ihm ausrichten, daß er mit dir reden muß.«

»Ja, ja, schon gut. Später, später... Jetzt fahrt ihr erst mal zu Teresa. Und bleib nicht so lange weg... Warte mal. Frag sie auch wegen der Seidenbluse. Los, beeile dich. Mein Gott, wie ich ausschaue...!«

Den ganzen Nachmittag über war Viola mit den Vorbereitungen für Vittorias Einladung zum Abendessen beschäftigt. Aufgeregt und ohne eine Spur von Neid flatterte sie um sie herum und versicherte ihr immer wieder: »Du siehst wunderschön aus.« Es war gar nicht so einfach gewesen, von Teresa den Pelzmantel zu bekommen, aber selbst durch Tränen hatte sie sich nicht dazu erweichen lassen, auch noch die Seidenbluse herauszurücken. Als Maurizio dann um halb acht vorbeikam, um Vittoria abzuholen, umarmte Viola schließlich mit Tränen in den Augen die Schwester und wünschte ihr alles Glück der Welt. Mario hatte gerade noch Zeit gefunden, sie an ihr Versprechen zu erinnern, und die Mutter schärfte ihr noch einmal ein, nicht zu vergessen, daß Andrea die Tochter eines allerseits geachteten Mannes sei... Dann schloß sich die Tür hinter Vittoria, die gleich Maurizio unterhakte und Silvios kleine Hand nahm. Ihr heißersehnter Abend begann. Sie fuhren in ein nettes Restaurant mit vielen Spiegeln an den Wänden (was für ein Genuß für Vittoria!) und bekamen einen Tisch für vier Personen: Silvio, Vittoria, Maurizio und der Pelzmantel... Maurizio, wenig geübt in galanten Komplimenten, gab sich alle Mühe, freundlich zu sein, und äußerte sich anerkennend über Vittorias Mantel. Silvio schaute von einem zum anderen und versuchte auf jede erdenkliche Art und Weise, Vittorias gute Eigenschaften hervorzuheben. Er war darauf bedacht, den Vater zu bremsen, wenn er, was allzuoft geschah, die Mutter erwähnte, und machte immer wieder zuweilen recht klägliche Anläufe, die schleppende Unterhaltung in Gang zu halten. Vittoria lächelte, gab sich sehr weiblich und strich sich häufig durch die Haare. Hin und wieder verlor sich ihr Blick im Leeren, mit der Absicht, Maurizio zu der Frage zu bewegen, an was sie gerade denke. Schließlich eröffnete der unvermeidliche Seufzer das geheuchelte Bekenntnis: »Wie schrecklich ist doch die Einsamkeit.« Das war der Ausgangspunkt ihrer Strategie. Da sie sich für eine außerordentlich gute Psychologin hielt, glaubte sie zu wissen, was diesem Mann am meisten zu schaffen machte. Sie glaubte, seinen schwachen Punkt getroffen und damit den Ausgangspunkt für eine Gemeinsamkeit gefunden zu haben... Aber Maurizio litt nicht unter Einsamkeit, ganz im Gegenteil, er suchte sie geradezu. Er hatte seine Frau sehr geliebt, und er liebte sie immer noch. Er wollte nichts anderes als alleine sein, um an sie zu denken, sich ihr nahe zu fühlen und in Gedanken mit ihr zu leben. Es machte ihm nichts aus, die Nacht alleine zu verbringen, weil ihm dann seine Erinnerungen den Duft ihres Parfüms zurückbrachten und ihre Umarmungen. In Gedanken schlief er jede Nacht mit ihr, immer und immer wieder, öfter als damals, als sie noch lebte. Er konnte gar nicht genug davon bekommen, und ihn durchlief ein Schauer, wenn »ihre« Hand (denn es war ihre Hand) seinen Körper berührte. Wie hätte er sich einsam fühlen können, bei soviel Liebe?

Maurizio Donati war nicht etwa verrückt, natürlich war ihm bewußt, daß sie tot war. Wie hätte er es auch vergessen können, wo sich doch alle seine Bekannten und Freunde die größte Mühe gaben, ihn daran zu erinnern, mit ihren ständigen Einladungen zum Abendessen und zu Partys. Aber für ihn war diese Liebe nicht zu Ende. Er liebte seine Frau auch jetzt noch, wo sie tot war, vielleicht sogar noch mehr als vorher. Jetzt, wo sich ihre menschlichen Schwächen in himmlische Tugenden verwandelt hatten... Der einzige Effekt, den Vittorias Worte bei ihm hervorriefen, war ein flüchtiges Mitleid mit diesem Mädchen. Also antwortete er: »Sicher, alleine zu leben ist nicht einfach«, fast so, als würde er sagen: »Wenn es regnet, scheint die Sonne nicht.« Aber für Vittoria war das schon eine halbe Liebeserklärung. Gegen elf Uhr abends kam sie überglücklich nach Hause zurück.

»Viola?« rief Vittoria mit verhaltener Stimme, kurz nachdem sie von der Essenseinladung in das Haus ihrer Mutter zurückgekehrt war.

»Viola ist vor einer halben Stunde schlafen gegangen. Sie hat den ganzen Abend auf dich gewartet«, antwortete Mario, der in der Küche saß.

»Vielleicht ist sie ja noch wach.«

»Nein, warte! Wir beide müssen miteinander reden.«

»Oh, muß das ausgerechnet heute abend sein? Weißt du, ich muß Viola gleich erzählen...«

»Du kannst es schließlich auch mir erzählen, oder?«

»Ja, sicher, aber du...«

»Ich habe dir immerhin auch alles anvertraut«, entgegnete Mario.

»Sicher, schon gut. Viola schläft ja auch schon. Mario, du kannst dir nicht vorstellen, wie glücklich ich bin!«

»Also ist alles gutgegangen.«

»Gut? Phantastisch. Er liebt mich, das weiß ich.«

»Hat er dir eine Liebeserklärung gemacht?«

»Jetzt hör aber auf! Ein Mann von fast vierzig Jahren macht doch keine Liebeserklärungen...!«

»Na gut... Hat er dich dann wenigstens geküßt?«

»Ich bitte dich. Bei der ersten Verabredung!«

»Hat er seine Hand auf deine gelegt?«

»Vor seinem Sohn?«

»Irgendwelche besonderen Komplimente?«

»Das eine oder andere.«

»Vittoria...«, sagte Mario zweifelnd.

»Schau mich nicht so an. Ich weiß genau, daß er in mich verliebt ist.«

»Und warum bist du dir da so sicher?«

»Vor allem deshalb, weil er mich zum Essen eingeladen hat.«

»Was ist denn daran so besonderes?«

»Seit seine Frau gestorben ist, hat er das Haus nicht mehr verlassen, außer um ins Büro zu gehen. Und er hat sich seitdem nie mehr für eine Frau interessiert.«

»Na und? Du bist schließlich keine Frau... Ich meine, nicht irgendeine. Du bist die Lehrerin seines Sohnes.«

»Soll das heißen, er ist verpflichtet, mit allen Lehrern seines Sohnes auszugehen?«

»Was hat das damit zu tun? Jedenfalls...«

»Und außerdem, es ist ja nicht nur das... Da ist etwas zwischen ihm und mir, was uns verbindet. Wir haben beide in der Vergangenheit schlimme Erfahrungen gemacht, um nicht zu sagen tragische. Dazu kommt die Einsamkeit...«

»Welche Einsamkeit?«

»Glaubst du etwa, ich binde es dir auf die Nase, wenn ich mich einsam fühle? Du hast doch immer nur deine eigenen Angelegenheiten im Kopf. Aber er... Mit ihm zusammen... Er ist der einzige, der versteht, wie empfindsam ich bin.«

»Komm, hör auf! Das dauert genau zwei oder drei Tage, dann ist die Geschichte wieder zu Ende. So wie immer.«

»Du bist ein Scheusal. Ihr wollt alle immer nur mein Glück zerstören.«

»Das mußt du ausgerechnet mir sagen! Weiß er denn wenigstens von Andrea?«

»Nicht so richtig. Ich glaube zwar, er ahnt etwas, aber er ist ein Gentleman. Er hat keine Fragen gestellt, nicht eine einzige. Aber das konnte ein Blinder sehen, daß er interessiert war. Ich sage dir, er ist der Mann meines Lebens...«

»Wie schön für dich!« rief Mario. »Da kann man ja nur hoffen, daß es auch hält.«

»Du wirst es schon sehen... Er ist ganz anders als die anderen.«

»Also gut. Können wir jctzt über meine Angelegenheiten reden?«

»Muß das denn jetzt sein? Ich muß noch nach Andrea schauen.« Vittoria drehte sich um, als ob sie die Küche verlassen wollte.

»Die schläft, wie immer«, sagte Mario schnell. »Hör mal, wenn du keine Lust hast, mir zu helfen, dann brauchst du es nur zu sagen. Ich war sowieso immer auf mich gestellt, ich...«

»Ja, ja, schon gut. Natürlich will ich dir helfen. Also... Es geht um Laura, stimmt's?«

»Hör auf mit diesem Getue.« Mario hob die Hände.

»Was für einem Getue?«

»Was weiß ich. Du gehst mir auf die Nerven.«

»Du hast mich gefragt...«, begann Vittoria.

»...und ich hab mich geirrt. Vergiß es. Gute Nacht.« Nun erhob sich Mario und ging zur Tür.

»Wo gehst du denn hin? Warte...«, rief Vittoria.

»Ich brauche niemanden.«

»Ich weiß jetzt, wie wir es mit Laura machen.«

»Interessiert mich nicht«, gab Mario zurück.

»Jetzt sei doch nicht so dumm und spiel nicht den Stolzen.«

»Ich spiele überhaupt nichts. Es interessiert mich einfach nicht.«

»Was interessiert dich nicht?«

»Gar nichts.«

»Aber, aber Laura...« stotterte Vittoria.

»Ich hab dich angelogen. Ich bin gar nicht in sie verliebt.«

»Das glaube ich dir nicht.«

»Schlaf gut.«

»Wie du meinst.«

Mario war nie wirklich in seine Schwägerin verliebt gewesen. Aber nun beflügelte die Vorstellung, leiden zu müssen, seine Phantasie, und er fühlte, wie seine Liebe für Laura zu einer Bestie wurde, die ihn innerlich zerriß. Er war wieder einmal auf sich gestellt, wie immer, von allen unverstanden. Vittoria... wie hatte er nur glauben können, daß von ihr Hilfe zu erwarten sei? Seine Liebe für Laura, davon war er fest überzeugt, befand sich auf einem viel höheren Niveau. Er dachte an ihre Tränen, Laura litt. Und er? Wen kümmerte es schon, was er empfand? Freunde? Die hatte er nie gehabt... Da war niemand, nichts. Das Leben hatte ihn immer nur von allem ausgeschlossen. Er fühlte sich überall fehl am Platz. Sicher, er ging aus, amüsierte sich auch hin und wieder, aber immer mit dem bitteren Beigeschmack, traurig und niedergeschlagen nach Hause zurückzukehren, wie ein Kranker, der sein Todesurteil schon in der Tasche hat. Der weiß, daß er sterben muß, und der sich deshalb entschließt, den Rest seines Lebens zu genießen. Der alles mitmachen, alles sehen will und sich ins Vergnügen stürzt mit dem ständigen Bewußtsein, daß er, kaum alleine, wieder an den Tod denkt und alles vergeblich war.

So gesehen war Mario eigentlich noch schlimmer dran,

denn er wußte ja nicht einmal, wie lange sein Leben noch dauern würde, obwohl er manchmal die vage Vorahnung eines frühzeitigen und gewalttätigen Todes hatte. So ließ er sich treiben, ohne ein erstrebenswertes Ziel oder eine zeitliche Begrenzung vor Augen, außer der des Todes... Manchmal tat er vor sich selber so, als wolle er sich umbringen. Er nahm sich dann vor, bis zu diesem Zeitpunkt eine Woche lang ganz bewußt und intensiv zu leben. Aber es gelang ihm nicht, sich selbst zu überlisten. Der völlige Mangel an festen Bezugspunkten in seinem Leben war ihm unerträglich. Er klammerte sich an Ideale... die Politik... Aber nicht wie Paolo, dem es nur darum gegangen war, eine gute Stellung zu ergattern. Mario wollte wirklich etwas bewirken. In seinem Kopf spukte die Geschichte von »Cortis« herum. Er erinnerte sich undeutlich daran, sie in der Schule gelesen zu haben, weil es zur Pflichtlektüre gehört hatte. Er wußte nicht mehr so genau, worum es eigentlich ging. Nur die Hauptperson, dieser Daniele, der sich in einem heiligen Zorn verzehrte, war in seinem Gedächtnis haften geblieben. An was hatte dieser Cortis geglaubt? An was konnte Mario glauben?

Schließlich hatte er begonnen, sich tatsächlich mit Politik zu beschäftigen. Er durchstöberte die verschiedensten Zeitungen: Minister, Regierungen, Krisen... Ein Sammelsurium von abstrusen Begriffen, die er nicht verstand und die ihn daran hinderten, einen Einstieg zu finden. Ihm fehlte ganz einfach die ausreichende Bildung und das nötige Wissen. Also verließ er die höheren Sphären, beschloß, noch einmal von vorne anzufangen und sich der Kommunalpolitik zu widmen. Stadtrat zu werden, vielleicht sogar Bürgermeister. Warum eigentlich nicht? Aber in welcher Partei und mit welchen Ideen? Welche politische Richtung kam seinen Vorstellungen am nächsten? Er las in einem Nachschlagewerk die Bedeutung und Entstehungsgeschichte der Christdemokraten, der Kommunisten und Sozialdemokraten nach und fand heraus, daß die Ideen von Marx im Grunde nicht allzu verschieden von seinen eigenen waren. So war Mario über Nacht zum Kommunisten geworden und hatte sein neues Glaubensbekenntnis gleich der Familie mitgeteilt. Paolo hatte zu lachen angefangen, Teresa hatte sich nicht dazu geäußert, Vittoria hatte gemeint, sie habe an Wichtigeres zu denken, und Viola hatte ihr beigepflichtet. Nur seine Mutter hatte mit ihrer Meinung nicht hinter dem Berg gehalten und ihm deutlich gesagt, was sie davon hielt. Für sie waren Kommunisten Leute, die nicht in die Kirche gingen, Gott lästerten und bei den Priestern verhaßt waren... Unterm Strich war jeder aus dem einen oder anderen Grund gegen Marios neue Ideologie eingestellt.

Das war einer der Hauptgründe dafür, daß Mario sich nun um so eifriger engagierte. Er sprach mit Arbeitern und Gewerkschaftlern und ließ sich ihre Lebensgeschichte erzählen. Er wußte, theoretisch hätten sie in den vergangenen Jahren eigentlich alle von ihren neuen sozialen Rechten profitieren müssen. In der Theorie hatte sich einiges verändert. Aber er wußte genausogut, zu welchen Kompromissen sie gezwungen waren. Er wußte, wie oft sie sich gegeneinander ausspielten, um sich Vorteile zu verschaffen, er wußte, daß ihr Vorgesetzter es nicht für nötig befand, zu grüßen, sie ihn aber trotzdem weiter zum Kaffee einluden. Er wußte, daß die Gewerkschaft eigentlich nur noch auf dem Papier existierte, und in Wirklichkeit der Gewerkschaftsvertreter auf den Versammlungen, die den seltenen Streiks folgten, die Arbeiter an der Nase herumführte, weil man ihm dafür eine Beförderung zugesagt hatte. Er wußte, daß Krankheit noch immer als eine Ausrede galt, um sich vor der Arbeit zu drücken. Also hatte er sich entschlossen, in die Öffentlichkeit zu gehen und politisch aktiv zu werden... Den einen oder anderen hatte er schon überzeugt, hatte schon mit vielen geredet und wartete nun ungeduldig auf die nächsten Wahlen.

In der Zwischenzeit suchte er einen Namen für »seine« Partei. Es hatten sich schon mehr als dreißig Leute eingeschrieben. Einen Mitgliedsbeitrag gab es nicht, man war noch mit dem Konzept für die neue Partei beschäftigt. Jedes der Mitglieder sondierte das Terrain, um neue Probleme und Mißstände aufzudecken und damit den eigenen Vorstellungen Form und Namen zu geben. G. war keine sehr große Stadt, die Gerüchte verbreiteten sich schnell, und man begann, über die neue Partei zu reden.

Freunde kamen vorbei und baten um Hilfe bei der Arbeitssuche und mit ihnen die Freunde der Freunde und die Freunde der Freunde der Freunde. Und zwischen Sätzen wie »Mach dir keine Sorgen, wir finden schon eine Arbeit für dich« und »Erst müßt ihr Mario wählen« begriff Mario, daß eigentlich keiner an neuen Ideen oder Reformen interessiert war. Es ging nur darum, ihnen Arbeit zu verschaffen, aber er war immer noch ein Niemand! Er erklärte ihnen, man müsse die Gesellschaft verändern, mit der Vetternwirtschaft müsse es ein Ende haben, und alle stimmten ihm zu. Doch gleich darauf begann wieder die alte Litanei mit der Arbeitssuche. Also löste er die namenlose Partei wieder auf, entschlossen, wenigstens als einziger seinen Idealen treu zu bleiben. Aber dieses hehre Ziel reichte nicht aus, um ein ganzes Leben auszufüllen, und so hatte er sich vorgenommen, Schriftsteller zu werden. Er hatte sich spontan eine Geschichte ausgedacht und schrieb Stunden um Stunden in eines von Violas Schulheften. Es ging um einen Mann, der unschuldig im Gefängnis saß und auf sein Urteil wartete. Dann überschnitt sich die Handlung mit der Affäre seiner Frau, die ihn mit einem korrupten Politiker betrog, der ebenfalls verheiratet war und eine fünfzehnjährige Tochter hatte, die sich in schäbigen Hotelzimmern prostituierte und es mit den Freunden des Vaters trieb. Um ein Haar wäre es sogar zum Inzest gekommen... An diesem Punkt angelangt, er war gerade dabei, den drogensüchtigen Sohn des korrupten Politikers in die Handlung einzubringen, verlor Mario vollends den Faden und ließ den unschuldig Angeklagten vergeblich auf sein Urteil warten...

Tausend Ideen gingen ihm durch den Kopf, aber nach ein paar Tagen ließ sein Interesse mehr und mehr nach, und er blieb völlig niedergeschlagen zurück. Die einzige Wunschvorstellung, die er niemals aufgegeben hatte, war, fortzugehen. Er hatte schon immer davon geträumt, wegzulaufen. Als er noch klein war, hatte er das auch sehr oft getan. Doch jetzt, wo er seinen Traum hätte in die Tat umsetzen können, verstand er, daß weder diese Familie es war, vor der er davonlaufen wollte, noch diese Stadt oder dieser Staat. Aber wovor sonst?

Dann war Laura in sein Leben getreten... jetzt wurde ihm plötzlich klar, daß er sie, ohne es zu wissen, schon immer geliebt hatte. Laura, blaß, vielleicht etwas schüchtern, mit diesem maliziösen Schimmer in den Augen, ohne Scham, Laura, mit hoher Stirn, üppigem Haar, vollem Mund, die mit stolzer Haltung dieses Haus betreten hatte, die zum Weinen ins Bad ging. Laura, die ein fehlerfreies Italienisch sprach, die kultivierte Laura, ohne Ignoranz und Überheblichkeit, Laura, die Vulgarität haßte und die in ihrer Art, die Beine übereinanderzuschlagen, selbst etwas Vulgäres hatte... Genauso wie in ihrem Blick, vulgär und stolz zugleich. Wie war es möglich, diese beiden Gegensätze zu vereinen? Mario liebte es, an Laura wie an einen Teufel in Engelsgestalt zu denken und umgekehrt. Er wußte nur sehr wenig von ihr. Er kannte nur ihre Nervosität, ihre Leidenschaft für Kaffee und Zigaretten und ihre übertriebene Eifersucht. War das ausreichend, um sich in Laura zu verlieben? Nein, das war es nicht. Wirklich wichtig war nur eines: Laura war Paolos Frau, und sie liebte Paolo.

»Gaetano! Gaetano! Steh auf! Es ist schon acht Uhr.« Teresa scheuchte ihre Familie aus den Betten.

»Mir geht es nicht gut, Mamma.«

»Oh, hör bloß damit auf! Du weißt, dein Vater hat heute frei, also...«

»Ich steh ja schon auf. Was ist mit dem Frühstück?« wollte Gaetano wissen.

»Das steht in der Küche. Geh dich waschen. Ich wecke schnell Maria, und dann komme ich.«

»Könntest du bitte aufhören, so herumzuschreien? Ich will schlafen«, rief Gioacchino, Teresas Mann.

»Was hast du gesagt, Gioacchino? Ich verstehe dich nicht.«

»Das kann ja auch nicht anders sein! Nie hat man seine Ruhe, nie!«

»Warte, ich komme, ich kann dich nicht verstehen... Was ist los, Gioacchino?«

»Ich sagte, wenn du deine Kinder weckst, brauchst du nicht so herumzuschreien.«

»Ich... schreie herum?« erwiderte Teresa entrüstet.

»Was glaubst du wohl, wovon ich aufgewacht bin?« fragte Gioacchino.

»Ist es vielleicht meine Schuld, wenn dein Sohn immer dieses Theater macht... Jeden Morgen bin ich es, die dafür sorgen muß, daß er aus dem Bett kommt. Immer muß ich mich um alles kümmern.«

»Ich habe verstanden. Ich stehe auf. Es hat ja doch keinen Zweck! Nicht mal heute...« Mürrisch schlug Gioacchino die Bettdecke zurück.

»Aber nein, bleib ruhig liegen. Ich wecke dich dann, wenn ich die Betten mache.«

»Du lieber Himmel, das fehlt mir noch! Da steh ich lieber gleich auf.«

»Na gut, wie du meinst. Ich geh jetzt in die Küche.« Teresa verließ das Schlafzimmer.

»Ja, ja, geh nur«, murmelte Gioacchino vor sich hin. »Was für ein Leben! Da hat man mal einen freien Tag, um sich auszuruhen, aber sie... nichts zu machen. Das hätte ich mir auch gleich denken können. Was konnte man anderes erwarten bei dieser Familie? Die sind doch alle gleich, einer wie der andere... Alle! Man schaue sich nur die beiden Schwager an, das sind vielleicht zwei Exemplare. Der eine ein Volltrottel, Paolo, mit dieser eingebildeten Gans von Laura als Frau, und Mario, ein Taugenichts, der nichts als Blödsinn im Kopf hat. Dann diese Viola, die den ganzen Tag wie ein Äffchen um ihre Schwester herumstreicht, und dazu meine liebe Ehefrau, meine gute Teresa, eine häßliche, schlampige Hexe und ein altes Klatschweib. Ganz zu schweigen von dem lieben Schwiegermütterlein, diese verrückte Alte. Nur weil ihr der Mann gestorben ist, meint sie, die ganze Welt müßte vor ihr in Ehrfurcht versinken. Und was für ein Theater um die liebe Familie. Keine Ruhe gibt sie, bevor sie nicht alle um sich versammelt hat. Da hab ich mir was eingebrockt, eine schöne Familie ist das... Hab ich noch jemanden vergessen? Ach ja, die andere kleine Schwägerin, Vittoria. Auch so ein Typ! Na ja... gut. Vittoria... die Kleine sieht ganz hübsch aus. Die hat was.«

Dann rief Gioacchino laut: »Teresa!«

»Bei mir würde die kleine Vittoria ganz gute Noten bekommen«, brummte Gioacchino weiter vor sich hin, erhob sich dann endlich und rief noch einmal: »Wo bleibt der Kaffee?«

»Ich bin in der Küche, hol ihn dir selbst!«, schrie Teresa zurück.

»Ich bin in der Küche, hol ihn dir selbst«, wiederholte Gioacchino verdrossen. »Die tut aber auch gar nichts, um sich ein bißchen beliebt zu machen. Oh, was warst du doch für ein Idiot! Warum mußtest du ausgerechnet die heiraten? Na ja, was will man machen? Aber von wegen gute Noten! Teresa kann zufrieden sein, wenn sie von mir eine Vier minus kriegt. Was sag ich da, vier minus...«

»Was ist los? Führst du Selbstgespräche?« Teresa war soeben wieder an der Schlafzimmertür aufgetaucht.

»Ich befinde mich dabei in bester Gesellschaft.«

»Wie meinst du das?«

»Komm, vergiß es... Du bist eben in allem eine Null.«

»Was soll das heißen, du befindest dich in bester Gesellschaft?«

»Wenn ich mit mir selber rede, befinde ich mich doch in bester Gesellschaft, oder etwa nicht?«

»Ah... jetzt verstehe ich.«

»Bitte erspare mir deine Komplimente für die gelungene Pointe.« Dann fragte Gioacchino: »Wo sind die Kinder?«

»In der Schule. Aber Luca schläft noch.«

»Gut. Alles bestens. Dann können wir uns ja wieder ins Bett legen.«

»Ich muß heute zu meiner Mutter. Ich war schon seit drei Tagen nicht mehr dort.«

»Hattest du nicht Streit mit deinem Bruder?«

»Was hat das denn mit meiner Mutter zu tun?«

»Oh, natürlich! Was hat diese Heilige damit zu tun?«

»Was hast du nur gegen sie...?«

»Laß das, ich bitte dich... Es reicht, wenn sie sich ihre

Lobeshymnen selber singt.« Gioacchino besann sich. »Warum hast du eigentlich mit deinem Bruder gestritten?«

»Das hab ich dir doch schon erzählt. Er ist völlig durchgedreht! Wegen dieser...«

»Ach ja, genau! Wegen Laura.«

»Sie ist schließlich seine Schwägerin!«

»Ich würde sagen, das ist eher nebensächlich.«

»Was ist nebensächlich?«

»Die Tatsache, daß sie seine Schwägerin ist. Ich meine, sie ist doch gar nicht mal so übel, ganz im Gegenteil... Aber sie ist eingebildet, obwohl sie immer so unterwürfig tut.«

»Ich finde, das ist das schlimmste an der Sache, daß sie seine Schwägerin ist.«

»Da haben wir es, spießig wie immer!« mokierte sich Gioacchino.

»Willst du damit sagen, du wärst damit einverstanden...«

»Na und? Was wäre schon dabei?«

»Du wärst also damit einverstanden, daß ich mich in deinen Bruder verliebe?«

»In meinen Bruder? Bist du verrückt geworden?«

»Ich wollte schon sagen.«

»Lassen wir das... Komm, ich fahre dich zu deiner Mutter.«

»Ich geh nur schnell Luca wecken.«

»Ja, geh nur... Sie muß zu ihrer Mutter. Stell dir vor, sie würde einen Tag verpassen. Man könnte meinen, sie ist fünfzig. Dabei war sie noch ein halbes Kind, als ich sie geheiratet habe. Aber es gab schon unzweifelhafte Anzeichen. Schon in der Schule... Ich erinnere mich noch, wenn ich sie abgefragt habe, hätte man manchmal meinen können, sie sei nicht ganz richtig im Kopf... Die ganze Klasse lacht und macht Blödsinn, und sie, sie verzieht keine Miene. Ich hätte, weiß Gott, eine andere verdient. Ach, da fällt mir ein... Teresa! Teresa!«

»Was ist los?« Im Nebenzimmer war Teresa mit ihrem Jüngsten beschäftigt. »Komm, mein Kleiner, steh auf, wir fahren zur Oma. Komm, steh auf...«

»Ach, Teresa, was ich dich fragen wollte«, rief Gioacchino, »du weißt nicht zufällig, wofür Viola den Pelzmantel brauchte?«

»O Gioacchino. Ich habe es dir doch schon gestern gesagt. Vittoria hatte eine Verabredung und hat Viola geschickt... Komm, zieh dir das Hemdchen an, mein Schatz.«

»Mit wem hatte sie denn diese Verabredung?«

»Woher soll ich das wissen? ...Jetzt ziehen wir aber noch den dicken Pullover an, draußen ist es kalt.«

»Wenn sie den Pelzmantel haben wollte, heißt das, es war einer, der viel Geld hat...«

»Stell dir vor, sie wollte sogar die Seidenbluse!«

»Sieh mal einer an! Aber seit wann hast du denn eine Seidenbluse?«

»Schon seit einer halben Ewigkeit.«

»Und warum ziehst du sie denn nie an?«

»Zu was sollte ich die wohl anziehen?«

»Zu was schon? Zu einem Rock, würde ich sagen.«

»Du hast gut reden! Schau dir nur meine Röcke an!

Und außerdem, warum sollte ich wohl eine Seidenbluse anziehen?«

»Einfach nur so... Vielleicht, damit du nicht immer so schlampig aussiehst.«

»Ich und schlampig? Komm, mein Kleiner... jetzt die Wollsocken... so ist es richtig, fest ziehen... Du meinst also, ich sehe schlampig aus? Das wundert mich gar nicht. Du kaufst mir ja nie etwas Neues. Keine einzige Lira bekomme ich von dir.«

»Erst vor drei Tagen habe ich dir hunderttausend Lire gegeben.«

»Aha! Du rechnest also nach... Und dann willst du behaupten, du bist nicht geizig.«

»Ich bin nicht geizig, aber auch nicht verschwenderisch. Und wenn ich nachrechne, dann nur deshalb, um dir zu beweisen, daß ich dir genug Geld gebe.«

»Hunderttausend Lire! Glaubst du vielleicht, ich habe keine Ausgaben für den Haushalt? Das Essen, die Kleidung für die Kinder, und die Schule kostet auch Geld... Kannst du mir mal sagen, wovon ich das alles bezahlen soll? ...Jetzt die Schühchen. Fest ziehen. So, das hast du gut gemacht! Jetzt binden wir aber noch den Schal um.«

»Nun schau dir bloß an, wie du ihn eingepackt hast! Wir sind doch hier nicht am Nordpol.«

»Aber wenn er sich eine Erkältung holt, bin ich es, die sich um ihn kümmern muß.«

»Sicher. Und wenn du dich um ihn kümmern mußt, kannst du nicht zu deinem lieben Mütterlein gehen.«

»Ich gehe zu meiner Mutter, weil...«

»Weil sie so alleine ist! Ich weiß, ich weiß... Es hat ja keiner was gesagt.«

»Ihr ganzes Leben hat sie damit verbracht, ihre Kinder großzuziehen. Sie hat immer nur an uns gedacht und hat sich nichts gegönnt.«

»Teresa, bitte. Ich weiß, ich weiß...«

»Nach allem, was sie für uns getan hat...«

»Es reicht... ich habe verstanden.«

»Geht es ihr jetzt auch noch schlecht...«

»... weil ihr der Mann gestorben ist und weil sie alleine ist...«

»Stimmt... Aber nicht nur deswegen. Jetzt muß sie auch noch Hunger leiden.«

»Was? Sie muß Hunger leiden?«

»Natürlich... Mario treibt sich den ganzen Tag herum, Viola geht noch zur Schule, und Vittoria verschwendet ihr ganzes Geld wie eine Verrückte. An Paolo kann sie sich auch nicht wenden... bei der Frau, die der hat...«

»Also wendet sie sich an dich, weil du dich am besten für dumm verkaufen läßt.«

»Wen hat die arme Frau denn sonst? Aber sie gibt mir das Geld bestimmt zurück.«

»Ja, sicher, wenn sie ihre Pension bekommt. Aber wie's der Zufall will, hat sie dann gerade tausend Sachen zu bezahlen und hat es leider ganz vergessen.«

»Das ist doch nur einmal vorgekommen.«

»Dreimal, um genau zu sein.«

»Na und?«

»Schon gut... Wieviel braucht sie?«

»Zweihunderttausend Lire... damit wird sie auskommen.«

»Hier hast du deine zweihunderttausend Lire. Können wir jetzt endlich gehen?«

Teresa hatte schon vor dem Tod des Vaters als die vernünftigste von allen Geschwistern gegolten, und das nicht nur, weil sie die älteste war. Sie war in der Lage, Verantwortung für sich selbst und manchmal auch für andere zu übernehmen. Bevor sie etwas tat, dachte sie erst nach und handelte dann, was allerdings sehr selten vorkam. Sie hatte keine besonderen Tugenden und keine besonderen Laster und glänzte weder mit Intelligenz noch mit Bildung. Sie hatte sich nie ein besseres oder auch nur anderes Leben gewünscht als das, was sie führte, noch hatte sie je von einem besseren oder anderen Ehemann geträumt als dem, den sie geheiratet hatte.

Sicher, sie beklagte sich ständig, aber nicht etwa, weil sie mit ihrer Situation unzufrieden war. Es war ein Charakterzug von ihr, den sie wahrscheinlich von ihrer Mutter geerbt hatte, mit der sie im übrigen vieles gemeinsam hatte. Rein äußerlich gesehen hatte Teresa vor allem ihre körperlichen Defekte geerbt, von denen in erster Linie die lange Nase auffiel. Bei der Mutter störte das in Anbetracht ihres Alters nicht mehr allzusehr, aber für Teresa tat es einem doch ein wenig leid, und sei es nur wegen ihrer schönen schwarzen langen Haare. Denn von hinten betrachtet, sah Teresa eigentlich recht gut aus. Es fehlte ihr nur dieses gewisse Etwas, das aus einer ganz normalen

Frau etwas Besonderes macht. Allerdings legte Teresa auch keinen allzu großen Wert auf dieses gewisse Etwas. Schließlich wollte sie nicht wie Vittoria enden.

Im Grunde liebte sie ihr ruhiges Leben, den allmorgendlichen Schwatz mit der Mutter, die wiederkehrenden Handlungen des Alltags: jeden Morgen die Betten machen, die Kinder wecken, das Essen vorbereiten und nachmittags, wenn Gioacchino nach einem kleinen Nikkerchen das Haus verließ, die Kinder bei den Hausaufgaben beaufsichtigen, bügeln, die Hausarbeiten erledigen und nach dem Abendessen noch ein oder zwei Stunden vor dem Fernsehapparat sitzen.

Gioacchino seinerseits war durchaus kein schlechter Ehemann, ganz im Gegenteil. Er stellte keine großen Ansprüche und hatte nur den einen oder anderen kleinen Tick. Da war zum Beispiel seine Bildungswut. Er las, besser gesagt, er zwang sich, täglich mindestens zehn Seiten eines beliebigen Buches zu lesen. Natürlich versäumte er es nie, hinterher seiner Frau, die ihm höflich uninteressiert zuhörte, völlig zusammenhanglos die Handlung der letzten zehn Seiten vorzutragen, was außerordentlich lästig war. Teresa tat dann so, als hörte sie ihm zu, vor allem, um zu vermeiden, daß Gioacchino diesen väterlich belehrenden Ton annahm, der für seinen Beruf typisch war. Wenn man ihn reden hörte, wäre man allerdings nie darauf gekommen, daß er Englischlehrer war. Alles und jedes interessierte ihn, über alles war er jederzeit bereit zu diskutieren, außer über Englisch. Er verabscheute Leute, die ungebildet und ignorant waren, aber er ertrug es nicht, wenn einer gebildeter war als er selbst.

Laura hatte vor drei Jahren das Pech gehabt, ihn daran erinnern zu müssen, daß der Schriftsteller Pavese bereits seit 1950 tot war. Das hatte er ihr nie verziehen. Seitdem hielt er sie für eingebildet, und was noch schlimmer war, er unterstellte ihr eine falsche Bescheidenheit. Teresa dachte nicht im Traum daran, ihre Schwägerin zu verteidigen, sie fand nur, da gäbe es tausend bessere Gründe, ihr etwas vorzuwerfen. Sicher, sie war eingebildet, aber was sie noch mehr ärgerte, war ihr völliges Desinteresse für andere Leute. Mit ihr war es nahezu unmöglich, über irgendwelche Begebenheiten oder über das Verhalten anderer Leute zu reden. Obwohl sie die betreffenden Personen genauso gut kannte, hielt sie sich immer heraus, und wenn sie schon mal etwas sagte, weil sie nicht mehr ausweichen konnte, war es immer nur zu deren Verteidigung. Sie fand alle möglichen Gründe und Entschuldigungen und tausend Vorwände, um das ahnungslose Opfer (so gut wie immer eine Frau) in Schutz zu nehmen. Wenn dann die Beschuldigungen, vor allem die der Mutter, immer heftiger wurden, wand sie sich mit einem »Ich kenne sie ja kaum« heraus, was die beiden armen Frauen schließlich dazu zwang, das Thema zu wechseln. Vor allem das war einer der Gründe, sie zu hassen, fand Teresa.

Welches Vergnügen konnte Laura daran finden, sie und ihre Mutter der einzigen Zerstreuung zu berauben, die ihnen das Leben noch gelassen hatte? Doch jetzt glaubte Teresa endlich den Grund für Lauras seltsames Benehmen zu kennen. Sie verteidigte die anderen, weil sie den Leuten selbst genug Anlaß zum Gerede gab. Am liebsten hätte sie ihr das ins Gesicht gesagt, aber das war nicht ihre Art. Nicht etwa weil sie sich vor ihr fürchtete. Sie zog es nur vor, ihre Zuneigung oder Abneigung in bezug auf andere Leute für sich zu behalten. Und wenn sie schon darüber redete, dann nur, wenn die betreffende Person nicht anwesend war. Das hatte wirklich nichts mit Feigheit zu tun. Teresa ging eben am liebsten jeder Auseinandersetzung aus dem Weg. Teresa wollte ihre Ruhe haben.

»Mamma!« Teresa betrat mit dem kleinen Luca das Haus ihrer Mutter.

»Oh, Teresa. Endlich bist du da.«

»Gioacchino hatte heute frei. Ist Laura denn noch nicht da?«

»Die wird mit dem Auto spazierenfahren«, gab Mamma Giuberti in spitzem Tonfall zurück.

»Oder sie schläft noch, die Signora«, lästerte Teresa. »Irgendwelche Neuigkeiten?«

»Ja, endlich. Vittoria...«

»Ah, ja. Wie ist die Sache denn ausgegangen?«

»Alles bestens. Er hat sie in ein Restaurant ausgeführt.«

»Er? Wer denn?«

»Der aus der Bank, dem die Frau gestorben ist. Der Sohn ist in Vittorias Klasse.«

»Ach ja, ich weiß. Er hat sie also zum Essen eingeladen?«

»Ja, ja. In ein sehr elegantes Restaurant.«

»Alleine?«

»Das ist doch egal. Der Sohn war dabei!«

»Ja, natürlich... und?«

»Vittoria meint, die Sache ist praktisch ausgemacht.«

»Das sagt sie doch jedesmal.«

»Was willst du, Teresa? Wir können nur hoffen.«

»Und dieser Verrückte?«

»Wen meinst du? Mario? Nein, nein, der hat sich wieder beruhigt. Ich hab mit ihm ein Wörtchen geredet, er hat seinen Fehler eingesehen.«

»Also war da doch nichts mit Laura...?« fragte Teresa.

»Ach was, das sind doch alles Kindereien. Du weißt doch, wie er ist. Der große Kämpfer für die Armen und Unterdrückten...«

»Weißt du, ich habe mir wirklich Sorgen gemacht. Stell dir so was bloß mal vor!«

»Um Gottes willen. Der Himmel bewahre uns davor!« rief Mamma Giuberti.

»Und wo ist Mario jetzt?«

»Er schläft. Ich habe ihn heute morgen geweckt, aber er wollte nicht aufstehen.«

»Besser so. Dann können wir wenigstens in Ruhe reden. Hier, nimm, da sind deine hunderttausend Lire.«

»Hat er sie dir also doch gegeben!«

»Von wegen. Ich habe sie ihm aus der Hosentasche genommen, als er schlief. Wollen wir hoffen, daß er es nicht bemerkt.«

»Das hättest du nicht tun sollen, Teresa. Sicher, ich brauche sie... Aber ich will natürlich nicht, daß du wegen mir...«

»Mach dir keine Sorgen. Wie ich ihn kenne, glaubt er, er hat sie irgendwo verloren. Es wäre nicht das erstemal!«

»Wenn du meinst.« Erneut klappte die Haustür auf. »Ah, Laura, komm rein...«

Laura grüßte freundlich ihre Verwandten. »Guten Morgen. Ciao, Teresa... Na, Luca, mein Kleiner! Ist er erkältet?«

»Nein, wieso?« entgegnete Teresa.

»Er ist so warm angezogen«, meinte Laura.

»Nein... es war heute morgen nur ziemlich windig.«

»Du hast ganz recht, Teresa«, sagte Mamma Giuberti, »da fällt mir ein, Laura, hast du dem Kleinen das wollene Unterhemdchen angezogen?«

»Er mag das nicht. Aber er ist warm genug angezogen.«

»Kein Wunder, wenn er krank wird. Und wo ist Sandro?« fragte Mamma Giuberti.

»Ich habe ihn bei meiner Mutter gelassen«, antwortete Laura.

»Ward ihr nicht gestern zum Essen dort?«

»Ja.«

»Was gab's denn?«

»Mamma hat Brathähnchen gemacht«, erklärte Laura.

»Ich kann mir gut vorstellen, wie schwer verdaulich das war«, bemerkte Mamma Giuberti. »Geht es Paolo denn gut?«

»Ja, sehr gut. Warum?«

»Weil er gestern nachmittag hier war und nach Natron gefragt hat...«

»Ach, ja?«

»Ja, genau... Warum bist du denn nicht mitgekommen?« wollte Mamma Giuberti wissen.

»Ich hatte zu tun. Loris, hör auf damit!« rief Laura.

»Reg dich nicht auf. Sie spielen doch nur.«

»Laß Luca sofort los... Komm her, du bist ein schlimmer Junge!«

»Laß ihn doch, laß ihn... Luca schläft sowieso gleich ein«, beschwichtigte Teresa.

»Du kannst froh sein, er schläft wenigstens«, meinte Laura. »Loris ist ein kleiner Teufel. Willst du wohl hierbleiben! Und was ist mit Mario?«

»Wieso?«

»Ich meine, wo ist er?« fragte Laura.

»Er schläft. Warum? Hast du ihm etwas zu sagen?« antwortete Mamma Giuberti.

»Nein, nein, ich habe nur so gefragt...«

Mamma Giuberti fuhr fort: »Aha! Teresa, hast du das schon gehört, von der Tochter der Vivenza?«

»Was denn?«

»Wie? Das weißt du nicht? Ihr Mann hat sie verlassen.«

»Das wundert mich gar nicht. So wie die sich immer aufgeführt hat. Du brauchst nur zu sehen, wie sie sich anzieht...«

»Sie ist eben verwöhnt... Allerdings nur von ihrem Vater«, erklärte Mamma Giuberti.

»Da hast du recht... denn wenn ich an ihre Mutter denke... Die arme Frau. Mit so einer Tochter und diesem Mann!«

»Du kennst die doch auch, Laura, oder?«
»Wen?«
»Die Vivenzas. Die kennst du doch?«
»Ja, sie wohnen gegenüber von uns.«
»Ihr Mann... Ich meine, stimmt es, daß er...«
»Ich kenne ihn kaum.«
»Aber die Tochter...«
»Ich fand sie immer ganz nett...«
»Ist dir denn nie aufgefallen, wie die sich benimmt?«
»Entschuldigt mich bitte. Ich geh mal schnell ins Bad.«
»Ja, ja, geh nur. Ich paß inzwischen auf Loris auf. Die Treppe wird schon trocken sein.«
»Ja, gut. Ich gehe ganz am Rand hoch. Loris, du bleibst bei der Großmutter. Die Mamma kommt gleich zurück.«
»Sie ist einfach unerträglich...«
»Psst... sie kann dich hören.«
»Nein, sie ist schon auf der Treppe. Warum sie mich wohl nach Mario gefragt hat? Was will sie bloß von ihm?«

»Laura...« Überrascht sah Mario seine Schwägerin die Treppe heraufkommen.
»Oh, Mario. Bist du gerade aufgestanden?«
»Ja. Wo willst du denn hin?«
»Ich will ins Bad.«
»Geht es dir nicht gut?« fragte Mario besorgt.
»Nein, nein. Mit mir ist alles in Ordnung.«
»Laura...« Mario glaubte ihr nicht.
»Wirklich, es ist nichts«, versuchte Laura ihn zu beruhigen.

»Laura, bitte...«

»Komm, geh ruhig nach unten. Es geht schon vorbei.«

»Was geht vorbei?«

»Ich brauche nur ein paar Minuten... Bitte, laß mich alleine.«

»Willst du nicht mit mir darüber sprechen? Hast du kein Vertrauen mehr zu mir?« fragte Mario.

»Aber nein, was redest du da. Es ist nur... Ich... ich kann einfach nicht mehr.«

»Komm lieber herein, wir sollten nicht auf der Treppe herumstehen.«

»Na, gut.«

Gemeinsam gingen sie in Marios Zimmer.

»Also«, begann Mario, »was ist passiert? Hast du dich mit Paolo gestritten?«

»Nein, Mario... Es ist nicht Paolos Schuld.«

»Also, was ist es dann?«

»Ich bin es. Ich ganz alleine. Ich glaube, ich bin verrückt...«

»Jetzt hör aber auf!«

»Nein, es ist wahr. Ich bin verrückt... Ich mache ihm das Leben zur Hölle... Und mir auch... Am liebsten würde ich mich umbringen.«

»Hör auf. Sag mir lieber, was passiert ist.«

»Es ist nichts, nur eine Kleinigkeit... Deine Mutter hat mir gerade erzählt, daß Paolo gestern hier war... das ist alles. Da siehst du es selbst, es ist nicht der Rede wert.«

»Also, um was geht es dann?«

»Er hat mir nichts davon erzählt. Zu mir hat er gesagt, er geht zum Bahnhof Zigaretten kaufen. Gestern war

Sonntag, da bekommt man nur am Bahnhof Zigaretten. Er war ziemlich lange weg. Ich habe ihn noch gefragt, wo er so lange war, aber er meinte nur, es sei sehr viel Verkehr gewesen. Daß er hier war, hat er nicht gesagt. Er hat mich belogen...«

»Aber Laura... überleg doch mal...«

»Das kannst du nicht verstehen. Es ist nicht deshalb, weil er hier war. Er erzählt mir einfach nichts. Ich möchte... ich möchte alles mit ihm teilen. Ich lebe nur für ihn. Egal, was ich mache, meine Gedanken sind immer bei ihm... Ich kann es kaum erwarten, bis er nach Hause kommt, um ihm alles zu erzählen... Aber er... Er liebt mich nicht.«

»Ihr seid seit fünf Jahren verheiratet...«

»Das heißt gar nichts. Ich weiß es, ich fühle es. Es ist etwas, was man nicht erklären kann, aber ich spüre, daß er mich nicht liebt.«

»Laura, ich will Paolo nicht verteidigen, aber eines kannst du mir glauben, seit ihr verheiratet seid, hat er sich wirklich sehr verändert. Er ist nicht mehr so wie früher, er geht überhaupt nicht mehr aus.«

»Mir wäre es lieber, er ginge aus! Weißt du, wie das Tag für Tag abläuft? Er kommt von der Arbeit nach Hause und schließt sich in der Toilette ein... stundenlang!«

»Laura, du wirst ihm doch nicht verbieten wollen...«

»Nein! Natürlich nicht! Aber ich versuche, mich bei allem, was ich tue, zu beeilen, selbst wenn ich auf die Toilette muß. Weil ich soviel wie möglich mit ihm zusammen sein möchte...«

»Aber das heißt doch nicht, daß…«

»Warte! Das ist ja noch längst nicht alles. Er kommt also endlich aus der Toilette. Ich warte, daß er mich in den Arm nimmt… Schließlich haben wir uns den ganzen Tag nicht gesehen. Aber er, kein Gedanke! Er geht unter die Dusche! Das dauert wieder eine Stunde. Die Zeit bis zum Abendessen vertrödelt er vor dem Spiegel. Zum Essen fahren wir dann meistens hierher, bleiben bis zehn oder elf und fahren wieder nach Hause… Er verschwindet gleich wieder im Bad, und ich liege im Bett und warte auf ihn… weil… Nein! Ich kann nicht schlafen ohne ihn. Ich kann nicht einschlafen, wenn er nicht neben mir liegt… Wenn er dann also endlich, dem Himmel sei Dank, wieder herauskommt, legt er sich die Kleider für den nächsten Tag zurecht, macht das Licht aus und dann: gute Nacht. So geht das jeden Abend. Das halte ich nicht mehr aus! Ich halte das einfach nicht mehr aus…«

»Ich bitte dich, Laura. Hast du denn mit ihm schon mal darüber gesprochen?«

»Seit fünf Jahren tue ich nichts anderes! Und weißt du, was er mir antwortet? Ich hätte keinen Grund, mich zu beschweren, es gäbe genug Frauen, die ihre Männer nur im Bett zu Gesicht bekommen. Was hat das mit mir zu tun?!«

»Aber es stimmt, andere sind da schlimmer dran als du! Es gibt Männer, die hocken sich den ganzen Abend vor den Fernseher und…«

»Ah! Das würde ihm so passen! Er hat es ja genauso gemacht… bis ich das Ding kaputtgemacht habe.«

»Du hast den Fernsehapparat kaputtgemacht? Aber warum denn?«

»Mario... Das ist es ja, was mich so quält. Ich halte es nicht aus, wenn er andere Frauen anschaut...«

»Ich weiß, du bist eifersüchtig. Das hast du mir schon gesagt. Aber im Fernsehen...«

»Ja, ja, sogar im Fernsehen... Und nicht nur das! Ich schäme mich fast, es auszusprechen, ich weiß, es ist nicht richtig von mir, aber es ist nun einmal so. Ich ertrage es noch nicht mal, wenn er liest...«

»Noch nicht mal das?«

»Ich habe alles versucht! Ich gebe mir alle Mühe, so zu tun, als wäre nichts. Aber wenn er eine Illustrierte durchblättert, beobachte ich ihn unwillkürlich dabei. Wenn er dann auf einer Seite haltmacht, gleiten meine Blicke sofort darüber, um herauszufinden, was ihn daran interessiert! Mein Herz fängt wie verrückt an zu schlagen, und mir wird ganz schwarz vor Augen... Wenn dann auch noch eine Frau auf einer dieser Seiten abgebildet ist...«

»Ich glaube, du übertreibst.«

»Ich weiß, daß ich übertreibe, aber was soll ich nur tun? Was? Ich habe das Gefühl, verrückt zu werden... Wenn wir mit dem Auto hierherfahren, ist das eine Tortur für mich... Wie oft habe ich den Himmel angefleht, daß uns keine Frau über den Weg läuft. Wie oft! Weil er sich nach jeder umdreht! Er sagt, das hat nichts zu bedeuten, schließlich muß er die Straße im Auge behalten! Aber auch, wenn ich fahre... Es ist immer dasselbe! Er schaut allen Frauen nach.«

»Warum machst du es nicht einfach genauso?«

»Das habe ich ja versucht. Dann spielt er den Eifersüchtigen.«

»Du meinst, er tut nur so, als ob er eifersüchtig wäre? Wieso? Ist er es denn nicht?«

»Natürlich ist er es nicht!« rief Laura.

»Wie kannst du dir da so sicher sein?«

»Erst habe ich ihm vorgeschwindelt, ich hätte geträumt, mit einem anderen Mann zu schlafen, dann habe ich ihm erzählt, wenn ich das Haus verlasse, folgt mir einer, der mir Blumen schickt, ohne eine Karte beizulegen. Alles vergebens! Er macht mir zwar eine kleine Szene, aber eigentlich läßt es ihn völlig kalt.«

»Woher willst du das so genau wissen?«

»Weil ich ihn umgebracht hätte! Ja, ich hätte ihn umgebracht... Aber er, er macht mir eine kleine Szene, und damit ist für ihn die Sache erledigt. Ich weiß nicht mehr, was ich tun soll. Am liebsten wäre ich tot...«

»Laura, wenn du so fest davon überzeugt bist, daß Paolo dich nicht liebt, warum lebst du dann noch mit ihm zusammen?«

»Das ist eine gute Frage, Mario! Wirklich, eine gute Frage... Weil ich ohne ihn nicht leben kann. Aber mit ihm auch nicht, verstehst du? Manchmal denke ich, ich sollte ihn verlassen und von hier weggehen. Vielleicht würde es mir dann besser gehen. Aber andererseits weiß ich ganz genau, daß ich so nicht leben könnte. Ich liebe ihn...«

»Wenn du irgendwelche anderen Interessen hättest...«

»Das einzige, was mich interessiert, ist er.«

»Ich... Ich weiß nicht, wie ich dir helfen kann.«

»Keiner kann mir helfen. Ich kann dich verstehen... Laß uns lieber runtergehen, deine Mutter macht sich sonst Sorgen.« Laura ging unruhig in dem Zimmer auf und ab.

»Was kann ich nur tun?«

»Nichts... Im Gegenteil, ich weiß gar nicht, wie ich dir danken soll. Entschuldige bitte.«

»Ich möchte dir helfen, Laura, wirklich... Ich... Ich mag dich sehr gerne... Ich ertrage es nicht, wenn du leidest.«

»Danke, Mario. Aber laß uns jetzt lieber hinuntergehen. Bitte.«

»Ja, gut, gehen wir. Aber wenn ich dir irgendwie behilflich sein kann... Ich weiß nicht... wenn du Paolo eifersüchtig machen willst. Ich stehe immer zu deiner Verfügung.«

»Nein, laß nur...«

»Wirklich, was immer du willst...«

»Nein, danke... Pssst... Bitte.«

Laura verließ das Zimmer und eilte die Treppe hinunter. Mario folgte ihr in einigem Abstand.

»Laura, endlich!« rief Mamma Giuberti. »Wo warst du bloß so lange? Was hast du denn? Du bist ja ganz rot im Gesicht... Mario!!«

»Nein, nein, es ist nichts«, sagte Laura. »Ich fühle mich nur nicht besonders wohl. Komm, Loris, wir fahren nach Hause.«

»Mario! Du bist ja aufgestanden.«

»Ja, wie du siehst, bin ich aufgestanden«, bemerkte Mario.

Laura verabschiedete sich von der Familie.

»Aber Laura, wo willst du denn hin?«

»Nach Hause, ich fühle mich nicht wohl.«

»Jetzt warte doch einen Augenblick, du kannst doch in diesem Zustand nicht Auto fahren.«

»Ich fahr sie nach Hause«, sagte Mario.

»Nein, Mario, du nicht!« widersprach Mamma Giuberti. »Teresa fährt sie nach Hause.«

»Ich fahre alleine...« beharrte Laura.

»Warte! Was ist, wenn dir was passiert?«

»Wenn mir etwas passiert, dann geh ich eben drauf, und das wird für alle besser sein!«

In Augenblicken wie diesen hoffte Laura wirklich zu sterben. Sie sah dann keinen anderen Ausweg mehr und glaubte, dies sei die einzige Lösung. Nicht einmal der Gedanke an ihre Kinder gab ihrem Leben dann noch Sinn. Sie litt. Es war nicht nur die Angst, betrogen zu werden. Sie wollte nicht verlassen sein, nicht eine Sekunde. Das Physische spielte dabei keine so große Rolle. Der Gedanke, Paolo könnte sie mit einer anderen Frau betrügen, beunruhigte sie nicht im geringsten. Manchmal, in einem Anfall von Masochismus, versuchte sie, sich ihre mögliche Rivalin vorzustellen, aber es gelang ihr nicht, eine andere Frau an Paolos Seite zu sehen. Das einzige, was sie nicht ertrug, war, nicht im Mittelpunkt seiner Gedanken, seiner Träume und seines Lebens zu stehen...

Sie hatte ihn aus Liebe geheiratet. Aber sie hatte auf diesem Gebiet noch keine großen Erfahrungen gemacht. Natürlich hatte es da ein paar Jugendlieben gegeben, aber ihr Charakter ließ sie diese Beziehungen immer problematisch erleben. Sie waren für sie jedesmal ein Anlaß, vor allem über sich selbst nachzudenken. Sie war nicht der Typ für leichtfertige Abenteuer. Sie erlebte jede dieser Geschichten, als wäre es die große Liebe, wenn auch nur wegen ihres eigenen Anspruchs und ihrer Neigung, aus allem ein Problem zu machen, sich Fragen zu stellen und nach Antworten zu suchen.

Alles das trug dazu bei, daß sie sich immer häufiger mit Selbstzweifeln herumplagte. Sie hatte nie die üblichen Probleme von Jugendlichen gehabt, keine Akne, keine Pickel, keine Gewichtsprobleme und hatte auch nie davon geträumt, ein berühmter Schauspieler würde sich in sie verlieben... Jedesmal, wenn sie glaubte, verliebt zu sein, hatte sie von neuem angefangen, sich selbst in Frage zu stellen, den Himmel angefleht, auf der Suche nach Antwort über ihre Existenz, sich unauflösbar mit Gott verbunden gefühlt...

Das erstemal hatte sie sich mit vierzehn Jahren verliebt. Francesco war nicht schön, nicht besonders intelligent und auch nicht sehr sensibel. Zum erstenmal hatte sie das, worauf sie am meisten stolz war, verleugnen oder doch zumindest verbergen müssen, ihre Intelligenz.

Francesco war achtzehn Jahre alt und wollte »das Leben genießen«, einer dieser typischen Sprüche, die Jugendliche und leider auch allzuoft Erwachsene von sich geben, wenn ihnen die Fähigkeit oder der Mut fehlt, sich mit sich selbst auseinanderzusetzen. Sie wollte für ihn interessant sein, wollte ihm gefallen, und um ihr Ziel zu erreichen, hatte sie versucht, sich ganz »normal« zu geben: eitel, oberflächlich und frivol. Sie hatte es versucht, wohlgemerkt. Denn fünf Minuten Unterhaltung hatten genügt, um sie zu demaskieren. Francesco hatte sie einfach stehengelassen und war ihr seitdem aus dem Weg gegangen.

Mehr als ein Jahr hatte sie gebraucht, um darüber hinwegzukommen.

Es war nicht ihr verletzter Stolz und auch nicht enttäuschte Liebe, die sie leiden ließen. Es waren die offenen Fragen, auf die sie keine Antwort wußte.

War es richtig, anders werden zu wollen, als man war? War es richtig, Kompromisse einzugehen, nur um die Eitelkeit zu befriedigen? Und vor allem: hatte nun Francesco recht mit seiner Einstellung zum Leben oder sie? Warum gelang es nicht auch ihr, »das Leben zu genießen«?

Am schlimmsten war, daß ihr niemand helfen konnte. Nicht, daß sie keine Freundinnen hatte, im Gegenteil. Aber es waren oberflächliche Freundschaften, die höchstens dazu taugten, sich ein paar Stunden lang zu amüsieren. Tatsache war, daß scheinbar niemand ihre kleinen Ängste mit ihr teilen konnte.

Was die Familie anbetraf, so war es noch schwieriger für sie. Sie war die einzige Tochter eines Paares, das ein wohlgeordnetes Leben miteinander führte.

Der Vater war Arzt, die Mutter Hausfrau, geradezu das klassische Beispiel von Eltern, die das Ideal einer ruhigen und sicheren Existenz verkörperten. Es gab hin und wieder kleine Diskussionen, nie Streit, gedämpfte Töne, nie ein lautes Wort. Und dasselbe wohlgeordnete Leben wünschten sie sich auch für ihre Tochter. Studium, Promotion, um dann die Praxis des Vaters zu übernehmen. Wenn Laura dann eines Tages auch noch einen netten jungen Mann kennengelernt hätte, der ihr eine angenehme Zukunft hätte garantieren können, wären sie ohne weiteres mit einer Heirat einverstanden gewesen. Allerdings erst, nachdem auch die berufliche Zukunft der geliebten Tochter gesichert war. Laura ihrerseits ging sehr gerne zur Schule und gehörte zu den Besten in ihrer Klasse. Aber dann hatte das Leben alles anders entschieden.

Die Eltern waren darüber nicht sehr glücklich gewesen. Nicht, daß sie Paolo unsympathisch fanden oder etwa einen anderen Mann für sie ausgesucht hatten. Sie hatten sich nur etwas mehr für ihre Tochter erhofft. Aber nach einiger Zeit hatten sie schließlich resigniert und hatten begonnen, diesen Schwiegersohn zu mögen, der von Erziehung und Herkunft so verschieden war. Sie liebten ihre beiden Enkelkinder, auf die sie nun alle ihre von der Tochter enttäuschten Hoffnungen übertrugen. Es war keinesfalls so, daß sie sich Paolos Familie überlegen fühlten, nur bestimmte familiäre Gepflogenheiten oder Traditionen waren ihnen fremd.

Laura war für sie etwas Besonderes. Sie liebten sie nicht nur, sie achteten sie auch. Sie respektierten sie wegen ihrer geistigen Unabhängigkeit, wegen ihrer entschlossenen und sicheren Entscheidungen. Sie schätzten an ihr die Ausgeglichenheit und Reife, ihre ruhige Sachlichkeit, ohne irgendwelche Grillen im Kopf. Bei ihr hatten sie keine erzieherischen Exempel statuieren müssen.

Laura hatte ihre Prinzipien, man hätte fast meinen können, sie wären schon mit ihr geboren worden. Sie hatte weder Probleme mit Alkohol noch mit Drogen, im Gegenteil, sie verabscheute sie, denn sie hatte eine manchmal sogar übertriebene Achtung vor ihrer eigenen Person. Die Vorstellung, von irgend etwas abhängig zu sein, schlimmer noch, nicht Herrin über ihre eigenen Gefühle und Gedanken zu sein, war ihr unerträglich. Laura lernte gerne. Es war nie nötig gewesen, ihr als Anreiz für ein gutes Zeugnis kleine Geschenke zu versprechen. Sie war ganz einfach an allem interessiert und wollte über alles Bescheid wissen. Sogar die Verfassung hatte sie studiert, weil sie über ihre Rechte und Pflichten informiert sein wollte, bevor sie darüber redete. Sie ließ sich von ihren eigenen Prinzipien leiten und von nichts anderem.

So sahen sie ihre Eltern, ausgeglichen, reif, in sich selbst ruhend. Aber wie war das mit Francesco? Oder Alberto? Alberto, ihr zweiter Freund, zwanzig Jahre alt, gutaussehend, geistreich, von allen beneidet, reich. Sie hatte sich in ihn verliebt. Und warum?

Weil er das genaue Gegenteil von ihrem Idealtyp war. Er war ein Angeber, eitel und selbstgefällig.

Was also war die Liebe, wenn sie einen dazu zwang, alles zu verleugnen, die Augen zu verschließen und alle Vernunft beiseite zu schieben?

Ihre Beziehung mit Alberto hatte zwei Monate gedauert, doch sie hatten sich in dieser Zeit ziemlich selten gesehen. Alberto war immer sehr beschäftigt, mußte Freunde besuchen und ließ keinen Flirt aus. Konnte sie, die die Liebe als etwas Ausschließliches erlebte, sich ein weiteres

Mal verstellen und so tun, als ob sie ganz anders sei? Und wenn ja, für wie lange und zu welchem Zweck?

Es war schließlich Alberto, der sie verließ, oder besser gesagt, sich einfach nicht mehr sehen ließ. Er hielt es nicht für nötig, ihr irgendwelche Erklärungen zu geben, aber sie bat ihn auch nicht darum. Sie akzeptierte einfach, daß er plötzlich verschwunden war, und für ein weiteres halbes Jahr war sie wieder einmal damit beschäftigt, Antwort auf viele offene Fragen zu finden...

Und dann kam Paolo...

Sie hatte ihn im Wartezimmer der Praxis ihres Vaters kennengelernt. Sie war gerade aus der Schule gekommen und wartete darauf, daß der Vater die Praxis schloß, um gemeinsam mit ihm nach Hause zu gehen. Paolo hatte seine Mutter zum Arzt begleitet, weil sie Herzbeschwerden hatte.

Bei ihr war es Liebe auf den ersten Blick.

Auch Paolo hatte sie sofort sehr interessiert betrachtet, vor allem von der Taille an abwärts, aber als er hörte, wie Laura den Arzt mit Papa ansprach, veränderte sich sein Benehmen schlagartig. Von einem Augenblick zum anderen wurde er äußerst liebenswürdig, höflich, freundlich und zartfühlend.

Von nun an mußte er seine Mutter immer häufiger zu Routineuntersuchungen begleiten, die nach Meinung des Arztes völlig überflüssig waren, bis er schließlich den Mut aufbrachte, Laura um eine Verabredung zu bitten.

Zwei Jahre später heirateten sie.

Aber man darf nicht glauben, Paolo sei nicht verliebt gewesen.

Zweifellos galt sein erstes Interesse der finanziellen Situation von Lauras Familie, aber es dauerte nicht lange, und er war wirklich in sie verliebt.

Leider offenbarte sich dann schon bald, erst Paolo und später auch Laura, eine nie gekannte Seite ihres Charakters. Die Eifersucht...

Laura weckte ihn mitten in der Nacht auf und fragte mit verstellter Stimme: »Wer bin ich?« in der Hoffnung, ja, tatsächlich in der Hoffnung, daß ihm ein anderer Name entschlüpfte. Aber Paolo drehte sich nur mit einem »Laß mich in Ruhe, ich will schlafen« auf die andere Seite und überließ sie ihren Zweifeln und ihrer Schlaflosigkeit. Zum Glück war Laura nicht vierundzwanzig Stunden am Tag eifersüchtig, sondern nur dann, wenn sie glaubte, einen Grund dafür zu haben, das heißt, wenn Paolo ihr unfreiwillig die Sporen gab. Das passierte allerdings leider sehr oft, denn meistens genügte schon ein Wort, eine Bewegung oder ein Blick...

Laura ging es dabei weniger ums Prinzip als vielmehr um Nuancen und Zwischentöne... Es ging ihr nicht darum, ständig zu hören »Ich liebe dich«, sie wollte dieses »Ich liebe dich« fühlen... genauso wie die Umarmungen. Wie sollte sie es genießen, von ihm umarmt zu werden, wenn Paolo, anstatt die Augen zu schließen oder sie anzuschauen, ständig in den Spiegel schielte? Er entschuldigte sich damit, es mache ihm Spaß, sie beide im Spiegel zu beobachten, und manchmal tat Laura so, als glaubte sie ihm.

Dann wünschte sie sich, von der Natur mit weniger Intelligenz und Sensibilität ausgestattet zu sein, um das genießen zu können, was sie hatte. Sie fühlte sich überlegen und betrachtete alle von einer höheren Warte aus, aber sie tat es ohne Hochmut. Es war eine schlichte Tatsache, daß sie allen um sich herum in einem gewissen Sinne überlegen war... vor allem ihrem Ehemann. Sie war intelligenter, gebildeter und sensibler.

Sie wußte es, und sie litt darunter. Sie litt unter dem Leben, das sie führte, den alltäglichen Querelen, dem Zwang, tagaus, tagein dem Geschwätz ihrer Schwiegermutter zuhören zu müssen. Sie verabscheute ihre Schwiegermutter. Vor allem deshalb, weil sie ihr nicht so antworten konnte, wie sie wollte... Sie haßte ihre Art, gleichzeitig das Opfer und die heldenhafte Mutter zu spielen. Wie viele Witwen gab es wohl auf der Welt... Führten die sich alle so auf wie sie? Und wie stand es um den Rest der Familie?

Da war Teresa. Sie war ihr weniger verhaßt als die Mutter, aber sie ärgerte sich mehr über sie. Teresa hatte keinen Charakter. Sie war eine dieser Personen, die einem über den Weg laufen und keinen Schatten werfen.

Und dann Teresas Ehemann... Gioacchino.

Wenn er sich mit schwierigen Begriffen oder Fremdwörtern herumplagte, mußte sie sich ein Lachen verkneifen. Oft packte sie die Lust, ihn auf seine Fehler aufmerksam zu machen und ihm die richtige Bedeutung der Wörter zu erklären, die er an falscher Stelle benutzte. Aber sie hielt sich jedesmal zurück, oder besser gesagt, das Mitleid mit ihm hielt sie zurück.

Dann war da noch Vittoria.

Vittoria, von der man eigentlich hätte annehmen können, das Leben hätte sie geformt. Aber sie war nichts weiter als frivol und weigerte sich, erwachsen zu werden.

Und Viola.

Für Viola hatte Laura ein fast zärtliches Gefühl. Manchmal war sie ganz gerührt von ihrer Naivität, ihrer Schüchternheit und ihrer ehrlichen und uneigennützigen Liebe für die Schwester.

Und schließlich Mario.

Er war der einzige in diesem Haus, den sie nicht so ohne weiteres einschätzen oder in eine Kategorie einordnen konnte. Mario war schwierig, hatte kein Selbstbewußtsein und aus unerfindlichen Gründen plötzliche Ausbrüche von Stolz. Er brachte es zwar fertig, heroisch für eine Idee oder eine Person, die er gar nicht kannte, einzustehen, aber mit seinem eigenen Leben wußte er absolut nichts anzufangen.

Und sie selbst, Laura, kam sich inmitten dieser Familie wie eine Fremde vor. Die anderen hatten, trotz aller Verschiedenheit und Distanz, eine gemeinsame Vergangenheit. Die Erinnerung an den Vater verband sie, die Mutter hielt sie zusammen und die vielen gemeinsam verbrachten Jahre. Von allen Geschwistern hatte sie nur zu Mario eine gewisse Beziehung aufgebaut, wenn auch eine eher flüchtige. Aber was den Rest der Familie anbetraf, fühlte sie sich wie eine Fremde, sogar in ihrem eigenen Haus, zusammen mit Paolo.

»Da seid ihr ja endlich. Ich hab für euch das Essen warmgehalten, beeilt euch...« Mamma Giuberti war ganz in ihrem Element, als Laura, Paolo und die Kinder am Abend bei ihr eintrafen.

»Ciao, Mamma. Wo sind denn die anderen?«

»Viola hat schon gegessen, sie muß noch Hausaufgaben machen. Vittoria ist wieder mit diesem Maurizio verabredet...«

»Und wo ist Mario?« fragte Laura.

»Er ist ausgegangen«, antwortete Mamma Giuberti. »Geht es dir gut, Laura?«

»Ja, danke, es geht mir gut.«

»Wieso? Wie sollte es ihr wohl sonst gehen?« Paolo verstand nicht, worum es ging.

»Heute morgen hat sie sich nicht wohl gefühlt«, erklärte Mamma Giuberti. »Hast sie dir denn nichts davon erzählt?«

»Nein. Es war nichts. Ich hatte nur ein wenig Kopfschmerzen.«

»Was? Von wegen, nur Kopfschmerzen!« rief Mamma Giuberti. »Wir haben uns alle Sorgen gemacht. Sie ist, ohne was zu sagen, mit dem Kleinen auf und davon.«

»Was war denn los?«

»Nichts, ich hab dir doch schon gesagt... Ich hatte Kopfschmerzen«, sagte Laura.

»Aber so benimmt man sich nicht.« Mamma Giuberti seufzte. »Ich kann diese Aufregungen nicht mehr vertragen. Mir ist im Leben nicht viel erspart geblieben.«

»In Ordnung. Das heißt, wenn ich mich das nächste Mal nicht wohl fühle, bleibe ich lieber zu Hause!« konterte Laura kurz angebunden.

»Laura! Meine Mutter wollte damit nicht sagen...« versuchte Paolo einzulenken.

»Ich weiß, entschuldigt bitte... Ich bin ein bißchen nervös.«

»Das ist ja auch kein Wunder! Du trinkst zuviel Kaffee, mein Kind. Und du rauchst zuviel... Siehst du, schon wieder eine Zigarette. Sag du es ihr, Paolo. Rauchen ist ungesund.«

»Laura, mach bitte die Zigarette aus. Wir wollen essen!«

»Ich habe keinen Hunger.«

»Aber ich, und der Rauch stört mich.«

»Schon gut, ich hab verstanden. Ich mache sie aus.«

»Hör mal, Paolo, ich muß mit dir reden«, sagte Mamma Giuberti.

»Was gibt's denn, Mamma?«

»Ich muß dir etwas sagen... aber alleine.«

»Warum denn? Ist etwas passiert?«

»Nein, nichts... nichts Besonderes.«

»Ist schon gut, ich gehe nach oben. Wenn ihr fertig seid, könnt ihr mich ja rufen«, sagte Laura.

»Laura, nimm bitte die Kinder mit. Du weißt, sie gehorchen mir nicht. Ihr wollt nicht bei der Oma bleiben, stimmt's?«

Laura nahm die Kinder bei der Hand und verließ die Küche.

»Also... was ist los?« fragte Paolo ungeduldig.

»Warte... sie ist noch auf der Treppe«, flüsterte Mamma Giuberti.

»Was ist denn passiert?«

»Ich weiß nicht, wie ich es dir sagen soll.« Mamma Giuberti gab sich etwas verlegen. »Glaub mir, es fällt mir gar nicht so leicht. Über gewisse Dinge haben wir beide nie miteinander gesprochen.«

»Gut, tun wir es jetzt.«

»Es ist eine heikle Angelegenheit.«

»Handelt es sich um Laura?«

»Genau. Die Leute reden über deine Frau.« Paolo winkte desinteressiert ab. »Nein, hör mir zu! Sie zeigt sich nackt am Fenster.«

»Mamma ...«

»Es ist die reine Wahrheit. Die Person, von der ich es weiß, hat nicht den geringsten Grund, zu lügen. Und nicht nur das ...«

»Was denn noch?«

»Mario ...«

»Was ist mit ihm?«

»Mario und Laura ...«

»Komm, du wirst doch nicht behaupten wollen ...«

»Mach endlich die Augen auf!« zischte Mamma Giuberti.

»Ich bitte dich, was soll das!«

»Das ist kein Geschwätz. Dein Bruder hat sich eigentlich schon damit verraten, wie er über sie geredet hat. Und dann ... heute ...«

»Was war los heute morgen?«

»Laura ist heute morgen gekommen und hat sofort nach Mario gefragt. Ich hab ihr gesagt, er schläft noch. Keine zwei Minuten später muß sie unbedingt ins Bad. Es vergeht eine halbe Stunde. Ich mach mir schon Sorgen und Teresa auch. Gerade wollte ich hinaufgehen und nach ihr sehen, da kommt sie zurück. Ganz rot im Gesicht und völlig durcheinander! Und wer kommt hinter ihr her? Mario... im selben Zustand!«

»Mamma... Schwör mir, daß du die Wahrheit sagst!«

»Du kannst Teresa fragen. Dann wollte Laura sofort gehen. Sie konnte uns nicht mehr in die Augen sehen. Mario wollte sie unbedingt nach Hause bringen, aber ich habe es ihm verboten. Also, nimmt sie den Kleinen und geht. Und weißt du, was sie vorher noch gesagt hat? Daß sie am liebsten tot wäre! Vielleicht hatte sie ein schlechtes Gewissen.«

»Ein schlechtes Gewissen?! Am liebsten wäre sie tot?! Das kann sie haben... Ich bring sie um... sie, und diesen verdammten Kerl auch... Wo steckt er?«

»Beruhige dich wieder! Ich hab dir das nur gesagt, weil ich dachte...«

»Nein, nein, das war ganz richtig. Keine Sorge, ich werde ihr den Spaß schon verderben...«

»Jetzt hör mir mal zu! Du darfst ihr gegenüber nichts davon erwähnen! Es ist ja noch nicht sicher...«

»Ja, aber...«

»Erst beobachtest du mal, wie sie sich benimmt. Du tust so, als wäre nichts. Ich hab dir nichts gesagt, verstanden? Dasselbe gilt auch für deinen Bruder. Hast du mich verstanden?«

»Ja, meinetwegen. Aber wenn ich herausfinde...«

»Dann sehen wir weiter. Ich will ja nichts gesagt haben, aber Lucia war dir ja nicht gut genug! Es mußte ja unbedingt... Na gut, Schluß jetzt! Ruf sie... aber denk daran, was ich dir gesagt habe.«

»Ja, schon gut, mach dir keine Gedanken... Laura! Laura!«

Mamma Giuberti hatte ihrem Sohn aus verschiedenen Gründen ihre Befürchtungen mitgeteilt. Aber vor allem deshalb, weil sie hören wollte: »Du hattest recht.« O nein, sie war kein schlechter Mensch. Sie nahm nur für sich in Anspruch, das Leben und die Menschen zu kennen, und sie konnte es nicht vertragen, wenn man ihre Ansichten darüber in Zweifel zog. Wie war das denn mit Laura? Hatte sie sich etwa in ihr geirrt? Hatte sie nicht gleich erkannt, was das für ein Typ Mensch war... Natürlich, sie sagte Mamma zu ihr, aber sprach sie immer noch mit »Sie« an.

Laura hatte sie nie richtig anerkannt, und das, obwohl sie sich in jeder Weise erboten hatte, ihr behilflich zu sein. Aber Laura war komisch. Als die Enkelkinder geboren wurden (nie würde sie das vergessen), hatte Laura keinem erlaubt, sie auch nur anzufassen... Dabei hatte sie Laura sogar angeboten, die Kinder zu versorgen oder ihr zumindest mit Rat und Tat zur Seite zu stehen. Aber Laura hatte das strikt abgelehnt! Und jetzt, als ob das alles nicht schon genug wäre, versuchte sie auch noch mit Mario anzubandeln! Das war zuviel... wirklich!

Alles hatte seine Grenzen. Sie mußte einfach mit Paolo darüber reden. Es war ihre Pflicht als Mutter, natürlich auch als lebenserfahrene Frau, aber vor allem als Mutter. Und wenn die beiden wirklich ein Verhältnis miteinander haben sollten – nicht, daß sie das hoffte, um

Gottes willen –, aber schließlich hatte alles auch sein Gutes. Endlich würde sich beweisen, was sie schon immer gewußt hatte, schon vom ersten Tag an... Und Paolo? Der würde wieder nach Hause kommen, zu ihr nach Hause. So wie früher, als sie alle noch eine richtige Familie waren, sie ihn morgens weckte und ihn umsorgte.

»Paolo... liebst du mich?« Sanft bedrängte Laura ihren Mann.

»Ja, sicher«, antwortete dieser rasch.

»Sag es mir.«

»Was?«

»Daß du mich liebst.«

»Das habe ich doch gerade gesagt«, preßte Paolo ungeduldig hervor.

»Nein, das hast du nicht... du hast nur ja gesagt.«

»Also gut. Ich liebe dich.«

»Nicht so... bitte.«

»Verdammt noch mal, was willst du eigentlich von mir? Kannst du dich nicht endlich mal zufriedengeben...«

»Wir müssen gleich zu deiner Mutter fahren«, bemerkte Laura.

»Ach, sieh mal einer an, ausgerechnet du mußt mich daran erinnern?«

»Willst du dich nicht umziehen?« mahnte Laura.

»Warum diese Eile? Kannst du es nicht mehr erwarten, meine Mutter zu sehen?«

»Ich habe es nicht eilig... Aber wenn wir nicht bald fahren, kommen wir wieder spät nach Hause. So wie immer.«

»Na und?«

»Dann bist du wieder müde und gehst sofort ins Bett...«

»Soll ich vielleicht herumstehen und dich anglotzen?«

»Warum bist du so häßlich zu mir? Schon seit ein paar Tagen behandelst du mich so... Was habe ich dir denn getan?« fragte Laura.

»Ich bitte dich... fang bloß nicht wieder damit an.«

»Womit?«

»Dich zu beschweren.«

»Ich beschwere mich nicht. Ich wollte nur wissen...«

»Ich hab nichts.« Paolo machte eine abwehrende Geste.

»Also gut, warum bist du dann so...«

»Was weiß ich...«

»Du liebst mich nicht mehr.«

»Ich bitte dich. Du gehst mir auf die Nerven.«

»Ich weiß, du hast mich schon lange satt.«

»Hör auf! Mir reicht's!«

»Da hast du es! Hör dich nur an!« rief Laura.

»Gut. Wenn du unbedingt streiten willst...«

»Ich will nicht streiten, ich will nur mit dir reden... ich versuche zu verstehen.«

»Und ich? Habe ich vielleicht kein Recht zu verstehen?« fragte Paolo zurück.

»Was denn?«

»Was in deinem Kopf vor sich geht... Darüber sprichst du ja nie.«

»Was soll ich dazu sagen?«

»Nichts, gar nichts...«

»Paolo... was ist los?«

»Nichts.«

»Ich bitte dich, verschließ dich nicht wieder.«

»Laß mich in Ruhe.« Paolo wurde immer mürrischer.

»Gut, ich lasse dich in Ruhe. Aber der Tag wird kommen, wo ich...«

»Wo du was?«

»Ach, nichts...«

»Was wolltest du sagen? Los, rede!«

»Wo ich einfach nicht mehr kann! Und dann werde ich dich verlassen...« Laura sprach in sehr bestimmtem Tonfall.

»Du willst mich verlassen?« Paolo horchte auf.

»Genau... Wenn das Band endgültig gerissen ist...«

»So ein Band reißt nicht von alleine!«

»Ich weiß. Aber du bist es, der es zu weit dehnt...«

»Und du willst behaupten, das tut dir leid?«

»Was redest du da... natürlich tut es mir leid. Ich möchte doch nur, daß es uns gutgeht.«

»Danke, mir geht es sehr gut!« erwiderte Paolo kurz angebunden.

»Aber mir nicht.«

»So, was fehlt dir denn?«

»Alles fehlt mir. Vor allem du...«

»Was hab ich damit zu tun?«

»Du bist kalt...«

»Es wird schon einer dasein, der dich wärmt...«

»Was willst du damit sagen?«

»Das ist nicht besonders schwer zu erraten...«

»Ich habe aber keine Lust zu raten.«

»Und ich hab keine Lust, große Erklärungen abzugeben.«

»Was wolltest du damit sagen?« fragte Laura entrüstet.

»Gar nichts.«

»Oh! Geht das schon wieder los?«

»Willst du nicht immer, daß ich eifersüchtig bin?« Paolos Stimme wurde zunehmend lauter.

»Und? ... Bist du es denn, oder tust du nur so?«

»Du erzählst mir schon seit einiger Zeit nicht mehr deine Träume...«

»Da gibt es im Moment nicht viel zu erzählen«, entgegnete Laura.

»Keiner, der mir Hörner aufsetzt?«

»Nur die, die du schon kennst... Und wie steht es mit dir?«

»Laura... Wir reden gerade über dich!«

»Das ist doch nur eine Ausrede, um nicht über dich reden zu müssen.«

»Oder über dich... Du versuchst vom Thema abzulenken.«

»Du bist es, der nie über sich reden will.«

»Du widerst mich an.«

»Ich weiß, das habe ich schon längst bemerkt. So wie es aussieht, bin ich dir schon lange gleichgültig.«

»Hör endlich auf damit!« schrie Paolo.

»So? Und warum drehst du dich dann nach jeder Frau um, die dir über den Weg läuft?«

»Das ist doch ein alter Hut! Wenn du vom Thema ablenken willst, mußt du dir schon was Besseres ausdenken!«

»Ein alter Hut! Aber leider wahr... Du weißt genau, wie sehr ich darunter leide.«

»Spiel hier keine Komödie!!«

»Paolo!!«

»Schluß jetzt, mir reicht's! Ich halt das nicht mehr aus. Du hast es gerade nötig, mir hier Eifersuchtsszenen zu machen!«

»Wieso? Wer sollte sie dir sonst machen?«

»Niemand!«

»Nein, Augenblick mal! Du hast gesagt, du hältst es nicht aus, daß ich sie dir mache.«

»Ich wollte damit lediglich sagen, du hast keinerlei Recht dazu«, beharrte Paolo.

»Ich bin schließlich deine Frau!«

»Eine schöne Frau bist du...«

»Eine andere wäre dir wohl lieber? Vielleicht die von Gianni? Ich habe genau gesehen, wie du sie anstarrst! Die hättest du doch gerne, oder?!«

»Hör auf, so zu schreien.«

»Was ich zu sagen habe, kann jeder hören! Ich schreie, wann ich will.«

»Hör auf... Die Kinder können dich hören.«

»Um so besser. Dann wissen sie wenigstens Bescheid!«

»Du bist ja völlig verrückt geworden! Du hast keinen Funken Scham. Auf nichts nimmst du mehr Rücksicht, weder auf deine Kinder noch auf mich, noch auf meine Mutter!«

»Was hat deine Mutter damit zu tun?«

»Sie hat etwas damit zu tun. Sie hat etwas damit zu tun… die arme Frau…«

»Ich hatte Kopfschmerzen… Na und? Aber deine Mutter muß ja immer aus allem gleich ein Drama machen.«

»Aha! Meine Mutter macht aus allem ein Drama? Ja, glaubst du vielleicht, das ist zum Lachen?«

»Es mag ja sein, daß ich ein bißchen übertrieben habe. Ich war ziemlich nervös… Aber sie…«

»Sie? Ich würde eher sagen du! Du ekelst mich an!«

»Aber was habe ich denn getan?«

»Nichts, überhaupt nichts… ach übrigens, wie steht es denn mit Mario… den hast du wohl schon ziemlich lange nicht mehr gesehen?«

»Bist du wahnsinnig? Ich habe ihn doch erst gestern gesehen, als wir bei euch waren.«

»Ich meine… alleine.«

»Wie bitte?«

»Du hast mich sehr gut verstanden. Ich sagte alleine…«

»Alleine, was soll das heißen? Was weiß ich. Vielleicht vor ein paar Monaten… vielleicht auch nie…«

»Du Lügnerin! Du widerwärtige Lügnerin!«

»Bist du verrückt? Was ist los mit dir?«

»Du treibst es mit Mario… mit meinem eigenen Bruder!!«

»Paolo! Paolo, steh auf... Deine Milch steht schon auf dem Tisch!« Seit dem frühen Morgen war Mamma Giuberti schon wieder mit ihrem Haushalt beschäftigt.

»Ja, Mamma, ich komme, ich steh gleich auf... Wie spät ist es eigentlich?« erwiderte Paolo schlaftrunken.

»Ich wecke nur schnell Viola«, fuhr Mamma Giuberti fort.

»Mamma, wie spät ist es?« wollte Paolo wissen.

»Es ist Viertel vor sechs.«

»Mamma! Wie oft soll ich dir noch sagen, daß du mich erst um sieben wecken sollst?«

»Du mußt dich noch rasieren, duschen, dich anziehen, frühstücken. Du willst doch nicht wie ein Landstreicher im Büro erscheinen...«, entgegnete Mamma Giuberti.

»Schon gut, ich steh ja schon auf«, sagte Paolo resignierend.

»Du bist ein guter Junge. Ich geh jetzt Viola wecken.«

Überraschenderweise tauchte Mario im Türrahmen auf. »Mamma...«

»Was ist, Mario, bist du schon wach?«

»Was ist denn los?«

»Nichts, schlaf ruhig weiter, es ist noch früh...« beschwichtigte Paolo seinen Bruder.

»Nein, ich muß aufstehen. Ich will mich heute nach einer Arbeit umschauen«, erwiderte Mario.

»Na gut, dann steh auf.«

»Viola! Viola!« rief Mamma Giuberti.

»Mmmm, ich bin müde.«

»Komm, es ist Zeit, aufzustehen.«

»Ich will heute nicht in die Schule gehen«, jammerte Viola.

»Bist du krank?« fragte Mamma Giuberti skeptisch.

»Nein, ich bin gestern erst spät ins Bett gegangen.«

»Wieso?«

»Vittoria ging es nicht gut.«

»Was hat sie denn?«

»Sie hat die ganze Nacht geweint«, erklärte Viola.

»Also ist mit diesem Maurizio auch wieder Schluß.«

»Mamma, nicht so laut, sie kann uns hören!«

»Ja, ich höre euch. Ich höre euch sogar sehr gut... Also, was willst du von mir wissen?« rief Vittoria durch die geschlossene Tür.

»Ich habe es doch gleich gewußt, daß daraus nichts wird... zwei Monate... das hat schon viel zu lang gedauert!«

»Was verstehst du schon davon?«

»Ich weiß, wie es auf der Welt zugeht! Warum sollte er ausgerechnet dich nehmen, wo es so viele anständige Mädchen gibt...«, antwortete Mamma Giuberti.

»Was soll das heißen? Für wen hältst du mich eigentlich?«

»Na ja, der unschuldigsten eine bist du nicht... Den Männern gefällt so was nicht...«

»Er war ganz anders...«

»So? Und warum hat er dich dann sitzenlassen, nachdem er sein Vergnügen hatte?«

»Er hat nicht sein Vergnügen gehabt. Und er hat mich auch nicht sitzenlassen.«

»Also seid ihr doch noch...«

»Wir sind nie irgend etwas gewesen...«

»Aber du...«

»Ich habe es geglaubt... Aber er ist verliebt...«

»Dieser Schuft! Die Männer sind doch alle gleich. Seine Frau ist noch kein Jahr unter der Erde, und er...«

»Er ist in seine Frau verliebt.«

»Was?«

»Andere Frauen interessieren ihn nicht... Er liebt noch immer seine Frau, und ich respektiere das.«

»Mußt du dich eigentlich immer nur mit Verrückten einlassen?«

»Was hast du daran auszusetzen? Du hast doch wegen Papa...«

»Was hat das mit deinem Vater zu tun? Außerdem ist das bei mir etwas ganz anderes... Ich bin eine Frau. Aber er, ein Mann mit einem kleinen Sohn... So ein Egoist! Er sollte lieber an seinen Sohn denken! Der braucht eine Mutter... Vom Rest ganz zu schweigen...«

»Ich bitte dich! Gestern hat sich dieses Kapitel meines Lebens erledigt, und ich habe es ein für allemal begraben... Im übrigen, wer könnte einen Mann verurteilen, der so vornehm denkt?«

»Schon gut, Vittoria, schon gut... Und was ist mit seinem Sohn?«

»Was soll mit ihm sein?«

»Was hat der dazu gesagt? Ich meine, hat er nicht versucht...«

»Doch, ich glaube schon...«

»Wieso? War er denn gestern nicht dabei?«

»Nein. Maurizio wollte alleine mit mir reden.«

»Ach, so war das...«

Er wollte nicht, daß ich mir Illusionen mache...«

»Nach zwei Monaten!«

»Ich habe ihm gesagt, daß ich mir keinen Augenblick lang Illusionen gemacht habe.«

»Genau! Die Illusionen haben wir uns gemacht.«

»Was hat das mit euch zu tun?«

»Ach, bist du nicht nach Hause gekommen und hast uns erzählt, er wäre wahnsinnig verliebt in dich? Es war immer nur eine Frage von Stunden, von Minuten...«

»Woher sollte ich das denn wissen? Gegen eine Tote kann man nicht konkurrieren...«

»Na ja, besser, wenn du es so nimmst.«

»Genau...«

»Steh jetzt auf, Vittoria. Das Frühstück ist fertig.«

»Ich gehe heute nicht in die Schule. Ich melde mich für eine Woche krank. Ich muß mich erst mal erholen...«

Das Leben im Haus der Giubertis hatte sich in den letzten zwei Monaten nicht sehr verändert. Die Tatsache, daß Laura ihren Mann verlassen hatte, war kein ausreichender Grund dafür, die familiären Gepflogenheiten durcheinanderzubringen... Vittoria war viel zu sehr mit ihrem Gefühlsleben beschäftigt gewesen; Viola verfolgte mit Angst und Bangen die Angelegenheiten der geliebten Schwester; Teresa, weit davon entfernt, das Geschehene zu bedauern, beschäftigte sich nur morgens mit diesem Problem, wenn sie die Ereignisse mit ihrer Mutter diskutierte, die sich ihrerseits keine Mühe gab, ihre Freude darüber zu verbergen.

Blieben noch die beiden Brüder. Mario hielt Laura jetzt, wo sie Paolo verlassen hatte, aus einem seltsamen und unerfindlichen Grund für noch unerreichbarer als früher. Er war der einzige in der Familie, der sie noch traf, der sie sehen wollte und sie bei ihren Eltern besuchte, zu denen sie nach der Trennung gezogen war.

Er liebte sie noch immer, da war er sich ganz sicher... Aber eigentlich hatte er gar keine Lust, seine Beziehung zu ihr in irgendeiner Art und Weise zu verändern.

Er wußte, Laura war im Moment sehr verunsichert. Dazu kam, daß seine Besuche das zu bestätigen schienen, was man ohnehin vermutet hatte, den vermeintlichen Ehebruch. Er hatte also alle guten Gründe und Voraussetzungen, um zu versuchen, seine Wünsche in die Tat umzusetzen, aber er wollte nicht...

Laura fragte ihn nie nach der Familie und erst recht nicht nach Paolo. Es schien so, als ob ihr das alles völlig egal wäre, als ob diese Jahre für sie vergessen, aus dem Gedächtnis gestrichen und ausgelöscht wären. Paolo seinerseits versuchte mit indirekten Fragen oder Ausrufen wie: »Das Leben als Junggeselle ist doch herrlich!« von ihm etwas über sie zu erfahren. Er hoffte, daß Mario ihm antworten würde: »Ja, du genießt das Leben, aber deine arme Frau...« oder auch: »Ja, sicher, aber du brauchst nicht zu glauben, daß es Laura schlechter geht als dir, ganz im Gegenteil...«. Alles hätte er akzeptiert, auch wenn er fürchterlich darunter gelitten hätte... Aber

Mario ging nicht darauf ein, und nie entschlüpfte ihm ein Wort über Laura.

Die beiden Brüder schliefen wieder zusammen in einem Zimmer, aber weder Zank noch Gelächter hatten dieselbe Vertrautheit wie früher... Sie dachten beide an dieselbe Frau, aber auf sehr unterschiedliche Art und Weise...

Paolo dachte mit einer Sehnsucht an Laura, die er vorher nie gekannt hatte. Sie fehlte ihm, er wollte sie neben sich spüren, schlafen mit dem Wissen, sie liegt wach neben ihm und schaut ihn an, von der Arbeit nach Hause kommen und sie zusammen mit den Kindern vorfinden. Ihre Eifersuchtsszenen fielen ihm ein, und er vermißte sie, ihre Gewissensbisse, ihre nervösen Anfälle, ihren Körper... Aber sie hatte ihn verlassen... Sofort nach diesem Streit hatte sie ihre Sachen gepackt und war zu ihren Eltern gezogen.

Warum hatte er ihr auch alles ins Gesicht sagen müssen? Hätte er nicht abwarten können, bis er den Beweis hatte? Dann hätte wenigstens er sie verlassen können. Laura hatte seine Anschuldigungen nicht hingenommen. Sie hatte ihn verflucht. Sie hatte seine Mutter und seine ganze Familie verflucht und war fortgegangen. War sie unschuldig?

Aber wieso besuchte Mario sie dann? Er wollte sie wiedersehen... Er hatte seinen Stolz überwunden und war mit der Ausrede, die Kinder sehen zu wollen, hingegangen. Aber sie hatte sich verleugnen lassen... oder war sie wirklich nicht da? Bestimmt war sie nicht da... Er hätte es glauben können, wenn es nur einmal passiert wäre, aber er war wiedergekommen... Er ging jede Woche hin. War es denn möglich, daß alles zu Ende war? Was war mit ihrer Eifersucht? Was war das für eine Liebe, die nicht einmal eine kleine Auseinandersetzung aushalten konnte? Wie viele davon hatte er ertragen müssen... Nein, sie liebte ihn nicht... Sie hatte nur auf eine Gelegenheit gewartet, ihn verlassen zu können, das war ganz klar. Aber jetzt hatte sie ja Mario... Und er beobachtete seinen Bruder in der Hoffnung, an ihm irgendwelche Anzeichen zu entdecken... Wenn er ihn fröhlich sah, dachte er sofort an Laura. Mario trieb es mit seiner Frau, er und Laura... Dann packte ihn eine unheimliche Wut... Wenn er traurig oder nachdenklich war, schöpfte er wieder Hoffnung und war überzeugt, daß Laura in den nächsten Tagen etwas von sich hören ließ.

Mario war längst nicht so abhängig vom äußeren Anschein oder von Gefühlen, und erst recht nicht vom Befinden seines Bruders. Sicher, auch er dachte an Laura, aber er versuchte, eine Rechtfertigung für ihr Benehmen zu finden. Manchmal spielte er sogar mit dem Gedanken, sich für seinen Bruder zu opfern und Laura ihrem Ehemann zu überlassen, im Namen der selbstlosen, brüderlichen Liebe... Aber bisher hatte keiner von ihm diesen Verzicht verlangt. Er suchte nach allen möglichen Vorwänden, Ausflüchten und Gründen, die es ihm unmöglich machten, Laura seine Liebe zu gestehen. Man durfte nichts übereilen, sie vertraute ihm, er mußte an die Konsequenzen denken... alles Ausflüchte! Und er wußte es...

Hin und wieder kam ihm der Verdacht, er könnte gar

nicht in Laura verliebt sein. Aber fast erschrocken verdrängte er diesen Gedanken sofort. Es war ihm völlig unmöglich, sich einzugestehen, noch immer auf der Suche zu sein, auch hier gescheitert zu sein. Also entschied er sich, mit ihr zu reden, und suchte nach den richtigen Worten dafür... Nein, es war ihm unmöglich. Er brachte es nicht fertig, ihr gegenüberzutreten, er würde ihre Ablehnung nicht ertragen können, ihre Überraschung, ihre Enttäuschung. So entschloß er sich, ihr zu schreiben... Er begann Briefe zu schreiben, die er immer und immer wieder durchlas, korrigierte, noch mal korrigierte, um sie dann schließlich zu zerreißen.

Eines Nachts, er hatte lange in Gedanken versunken dagesessen, schrieb er ein Gedicht. Und diesmal zerriß er es nicht. Er trug es zwei Tage mit sich in der Tasche herum und schickte es dann ohne Absender ab.

Paolo hatte sich inzwischen so gut wie entschieden, Laura um eine Unterredung zu bitten und sei es nur wegen der Kinder.

Keiner im Haus ahnte, was in ihm vorging, und im übrigen gab er sich immer den Anschein, guter Laune zu sein, glücklich und, was seine Frau anbetraf, vollkommen gleichgültig. Auf diese Weise gelang es ihm auch zu vermeiden, daß man ihm Fragen stellte. Eines Abends jedoch, ihm war ein außerordentlich zufriedener Ausdruck auf dem Gesicht seines Bruders aufgefallen, entschloß er sich, mit jemandem zu reden. Er mußte einfach seine Wut mit irgend jemandem teilen, und seine Wahl fiel, in Ermangelung einer Alternative, auf Vittoria. Die war, selbst noch nicht ganz wiederhergestellt, sofort bereit, dem Bruder ihr Ohr zu leihen.

»Vittoria ...«

»Was ist, Paolo?«

»Kommst du einen Augenblick zu mir herunter? Ich muß mit dir reden.«

»Wir können genausogut hier reden.«

»Aber Viola ...«

»Die schläft. Was ist passiert?«

»Ich kann einfach nicht mehr! Ich muß unbedingt mit jemandem reden.«

»Hier bin ich. Leg los ...«

»Es ist wegen Mario ... Ich halte es nicht mehr aus, daß er immer zu Laura geht.«

»Wieso denn nicht?«

»Immerhin ist sie noch meine Frau ...«

»Aber ihr habt euch getrennt. Du kommst doch ganz gut ohne sie aus, oder?«

»Ja, sicher ...«

»Empfindest du denn noch etwas für sie ...?«

»Nein, es ist nur wegen der Kinder ...«

»Paolo, mach mir nichts vor ... Keiner kennt sich in der Liebe besser aus als ich ... Du bist noch immer in sie verliebt ...«

»Nein, verliebt nicht, aber ...«

»Du denkst an sie.«

»Ja ... aber sie hat mich verlassen, sie hat mich betrogen ... mit Mario.«

»*Amor vincit omnia* ... Die Liebe überwindet alles ... Sie

kennt keine Hindernisse. Nichts kann sie aufhalten. Laß dir das von mir gesagt sein!«

»Aber ich darf nicht mehr an sie denken.«

»Oh, Paolo… Warum versuchst du nicht lieber, wieder mit ihr zusammenzuleben?«

»Du bist verrückt.«

»Wenn du sie aber liebst…«

»Nein, es ist alles aus. Sie hat mich betrogen. Und selbst, wenn ich wollte…«

»Ich hab nur gesagt, du könntest es versuchen.«

»Wie denn? Sie will ja nicht einmal mit mir reden, sie läßt sich verleugnen…«

»Du kennst die Frauen nicht! Du mußt dir etwas einfallen lassen…«

»Was denn?«

»Ein bißchen Phantasie… ein bißchen Romantik… Schick ihr einen Brief oder Blumen.«

»Darüber würde sie nur lachen.«

»Du kennst die Frauen wirklich nicht! Sie wartet doch nur auf einen Schritt von dir«, sagte Vittoria lebhaft.

»Ich bin ihr schon genug entgegengekommen… Ich bin hingegangen und wollte mit ihr reden.«

»Das war ein Schritt in die falsche Richtung! Du mußt dir etwas Romantischeres ausdenken…«

»Du meinst… ein Brief?«

»Für den Anfang…«

»Aber ich habe noch nie im Leben einen Brief geschrieben…«

»Das ist kein Problem. Papier und Stift, den Rest überlaß ruhig mir!«

»Und wenn sie mich nach dem Inhalt fragt...«

»Du lernst ihn einfach auswendig.«

»Aber raspel nicht zuviel Süßholz.«

»Nur soviel wie angebracht ist.«

»Und denk daran, daß ich ihr nicht verzeihe.«

»Dann hat das alles keinen Sinn...«

»Ich habe schließlich auch meinen Stolz!«

»Ich weiß schon, wie ich das machen muß. Ich rufe dich, wenn ich fertig bin.«

»Na, meinetwegen. Aber wenn sie mich mit Mario betrogen hat...«

»Sie hat dich nicht betrogen.«

»Woher willst du das wissen?«

»Ich weiß es eben... Aber jetzt laß mich mal machen.«

»Du rufst mich, wenn du fertig bist?«

»Ja, natürlich. Geh schon.«

»Aber paß auf, daß Mario nichts davon erfährt.«

»Ja, ja, schon gut... Na, endlich! Sieh mal einer an... wer hätte das von Paolo gedacht... Der schien immer so... Da soll einer klug draus werden! Das Geheimnis der Liebe. Also, wie fangen wir an?« murmelte Vittoria und machte sich mit Eifer an diese Aufgabe, die fast eine Stunde in Anspruch nahm. Dann rief sie: »Paolo!«

»Na, das hat ja gedauert!«

»Schließlich mußte ich auf tausend Dinge Rücksicht nehmen. Glaubst du vielleicht, so was ist einfach?«

»Schon gut... hast du den Brief fertig?«

»Ja... also, hör zu:

*›Liebe Laura‹* (ich fand es besser, nicht zu überschwenglich anzufangen), *›vielleicht bist Du erstaunt darüber, diesen*

*Brief von mir zu bekommen. Du kennst mich als einen praktischen Menschen, dem gewisse Empfindungen fremd sind... Aber ich bin nicht so, wie Du glaubst, und ich werde es Dir beweisen. Seit Du gegangen bist, ist mein Leben ohne Sinn.‹*«

»Nein, so geht das nicht. Ich habe dir gesagt, du sollst kein Süßholz raspeln.«

»Jetzt hör dir den Brief doch erst mal an. Also:

*›...ist mein Leben ohne Sinn. Meine Tage sind leer, und ich denke oft an den Tod, als einzigen Ausweg...‹*«

Paolo schlug die Hände über dem Kopf zusammen.

»Also bitte, Paolo! Laß mich zu Ende lesen:

*›Aber glaube nicht, glaube ja nicht, daß dieser tiefe Schmerz mich blind macht für das, was geschehen ist.‹*

Hier hast du deinen Stolz...

*›Es ist nicht leicht für mich zu vergessen. Du bist gegangen. Du hast meine Kinder genommen und hast mich traurig, alleine und untröstlich zurückgelassen. Das sind Ereignisse im Leben, die einen Mann zerstören... Wie könnte ich jemals vergessen, was Du mir gesagt hast... Ich weiß, daß Mario Dich oft besucht. Eifersucht und Mißtrauen quälen mich, aber ich versuche, damit fertigzuwerden. Ich möchte dich voll und ganz respektieren.*

*Wir beide, Du und ich, haben uns vor fünf Jahren ein feierliches Versprechen gegeben, einen heiligen Schwur. Wir wollten für ein ganzes Leben vereint sein... Ich war bereit, mein Versprechen zu halten, ich wollte im Guten wie im Bösen mein Leben mit Dir teilen... Ich habe gelitten, und ich leide noch immer. Ich glaube, Du kannst Dir gar nicht vorstellen, wie sehr...*

*Wenn die Vergangenheit für Dich noch eine Bedeutung hat, wenn die Liebe, die Du für mich empfunden hast, nicht nur eine schwache Flamme war, die ein Windstoß auslöschen konnte, dann erinnere Dich daran, daß Du noch immer meine Frau bist und ich, nur ich alleine, Dein Mann.*

*Laß etwas von Dir hören... Komm diesem armen Wesen, das in der Finsternis des Lebens nach einem Halt sucht, einen Schritt entgegen...*

*Rette mich!!!* *Dein Paolo‹*

Also... was hältst du davon?« wollte Vittoria wissen, nachdem sie den Brief ganz vorgelesen hatte.

»Bevor ich ihr einen solchen Brief schicke, bleibe ich lieber mein Leben lang alleine. Gute Nacht«, antwortete Paolo.

»Ciao, Laura, wie geht's dir?« Nach längerer Zeit war Mario wieder einmal bei Laura zu Besuch.

»Mir geht es gut, Mario. Und dir?«

»Alles in Ordnung. Und wie geht's den Kindern?«

»Bestens. Du hast mich aber schon lange nicht mehr besucht.«

»Na ja, du weißt ja... Zu Hause... immer dieselben Geschichten. Ich muß mich um eine Arbeit kümmern...«

»Verstehe... Irgendwelche Neuigkeiten?«

»Meine Karriere als Maler hat sich auch erledigt. Vielleicht nehme ich doch das Angebot von Poletti an.«

»Du?«

»Was soll ich machen, Laura? Ich bin kein Kind mehr. Irgend etwas muß ich ja machen.«

»Und was ist mit deinen Prinzipien?«

»Da ist erst mal meine Mutter, bei der kann ich meine

Prinzipien vergessen... Diese täglichen Predigten machen mich allmählich wahnsinnig.«

»Aber es geht um dein Leben und nicht um das deiner Mutter. Wenn du an irgend etwas glaubst, solltest du deinen Weg auch bis zum Ende gehen.«

»Das ist leicht gesagt...«

»Natürlich ist das nicht einfach. Das habe ich nie behauptet. Aber es geht darum, im Leben eine Wahl zu treffen. Jeder sieht die Dinge auf seine Art und Weise, dagegen ist nichts einzuwenden. Ich kann es nur nicht vertragen, wenn hinterher einer daherkommt und mir von seinen Idealen und Prinzipien erzählt«, sagte Laura.

»Mit deinem Urteil bist du immer schnell bei der Hand... Du hast keinen Funken Verständnis«, entgegnete Mario.

»Vielleicht sind es die Enttäuschungen, die mich so hart gemacht haben. Ich glaube nicht mehr an Märchen – oder vielleicht doch. Vielleicht war es ein Märchen zu glauben, daß alle Welt so denkt wie ich und dieselben Vorstellungen vom Leben hat. Aber alle Menschen sind verschieden. Jeder Mensch hat seinen eigenen Kopf. Im Grunde genommen finde ich das ganz in Ordnung, nur diese Heuchelei kann ich nicht vertragen. Dieses ständige Gerede, viele schöne Worte, tausend Ideen im Kopf. Aber es genügt eine Kleinigkeit, und alles löst sich in Luft auf... Ideale... oder einfach nur Ideen. Kein Mensch hat mehr Ideen... Keiner ist bereit für etwas einzustehen, sich dafür einzusetzen, Mut zu haben.«

»Du erwartest einfach zuviel von anderen Menschen.«

»Nicht nur von anderen, auch von mir selbst. Ich bin

nicht ungerecht, bestimmt nicht. Vielleicht deshalb, weil ich nur zu gut weiß, was ich selber wert bin. Ich kann mich nicht einfach damit zufriedengeben, hier zu leben, so in den Tag hinein...«

»Ich hab oft genug dasselbe gedacht, aber dann... Was soll man machen? Wohin soll man gehen?«

»Aber das kann doch hier nicht alles gewesen sein... Es muß doch noch etwas anderes geben, ein bißchen mehr als nur einkaufen gehen und fernsehen... Etwas, für das es sich lohnt, etwas, das dich fühlen läßt, du bist jemand.«

»Na, sind wir heute mal wieder philosophisch?« spottete Mario.

»Ich bin heute einfach nur traurig.«

»Warum? Ist etwas passiert?«

»Genau das ist das Problem. Nichts ist passiert. Ich fühle mich überflüssig, leer und verzweifelt. Aber es gibt eigentlich keinen Grund dafür.«

»Na ja, wenn man bedenkt, was in der letzten Zeit so alles auf dich zugekommen ist... Du hast praktisch dein ganzes Leben verändert. Das war nicht gerade leicht für dich...«

»Wieso glaubst du, daß ich mein Leben verändert habe? Bisher ist es mir noch nicht gelungen, mich wirklich ernsthaft zu entscheiden«, erklärte Laura.

»Immerhin hast du Paolo verlassen.«

»Sicher... Und jetzt sitze ich hier und warte darauf, daß etwas geschieht.«

»Ein Schritt von seiner Seite?« fragte Mario.

»Ja, irgendeine Entscheidung, egal, in welche Richtung... Wichtig ist, daß er mich zwingt, zu handeln und nicht nur abzuwarten.«

»Aber er ist ja schon hierhergekommen... schon ein paarmal.«

»Ja, ich weiß, aber er kann sich auch nicht entscheiden. Er fragt nach den Kindern... gut, auch nach mir, das stimmt. Aber nicht, weil er wieder mit mir leben möchte. Vielleicht will er Klarheit schaffen. Aber selbst seine Besuche... Er kommt immer an einem bestimmten Tag in der Woche. Ich mag das nicht. Es ist, als würde er mir die ganze Verantwortung zuschieben. Ich weiß, er kommt jeden Dienstag. Wenn ich mich damit einverstanden erkläre, ihn zu sehen, müßte ich mich auch irgendwie äußern, ihm meine Entscheidung mitteilen.«

»Ich verstehe... Liebst du Paolo eigentlich noch?«

»Mario...«

»Entschuldige bitte, ich wollte nicht indiskret sein.«

»Nein, darum geht es nicht. Hat er dich geschickt?«

»Du meinst, ob er mich gebeten hat, dich danach zu fragen? Nein, Paolo hat damit nichts zu tun.«

»Ich weiß nicht, ob ich ihn noch liebe, wirklich, ich weiß es nicht... Manchmal, in gewissen Momenten, meine ich, noch etwas für ihn zu empfinden. Aber ich glaube nicht, daß es Liebe ist.«

»Du meinst... er fehlt dir manchmal?«

»Weißt du, es ist nicht Paolo, der mir fehlt. Mir fehlt der Mann, den ich einmal geliebt habe, es ist die Erinnerung an ihn... Ich denke daran, wie ich ihn zum ersten Mal gesehen habe, an bestimmte Augenblicke, an unsere Auseinandersetzungen, dann sehne ich mich nach ihm...

Natürlich möchte ich ihn dann am liebsten sehen, mit ihm reden, ihn berühren. Aber dann fällt mir wieder sein Gesichtsausdruck ein, seine Stimme, der Paolo, wie er wirklich ist, und plötzlich verabscheue ich ihn fast. Wenn ich ihn wiedersehen würde... ich weiß nicht, welches von diesen beiden Gefühlen die Oberhand gewinnen würde.«

»Und was willst du jetzt machen?«

»Ich weiß nicht. Ich warte im Moment auf eine Entscheidung, die von außen kommt. Ach übrigens, es gibt doch eine Neuigkeit. Vor ein paar Tagen ist ein Brief angekommen, oder besser gesagt, ein Gedicht... Soll ich es dir vorlesen?«

»Wenn du willst. Warum nicht?«

»Warte, ich habe es hier... Also, hör zu:

*›Laura, wenn ich ihre kastanienbraunen Haare seh'*
*und ihre Hände, so weiß wie Schnee,*
*ihre samtweiche Haut, die man nie vergißt,*
*Laura, die so rebellisch ist...*

*Laura schaut übers Meer mit ihren Träumen,*
*möchte fliegen wie ein Vogel, will nichts versäumen.*
*Laura, im Herzen immer ein Kind,*
*dem viel zu schnell die Zeit verrinnt...*

*Laura, die vor Eifersucht glüht,*
*ständig mißtrauisch um sich sieht,*
*die brennt vor tiefer Leidenschaft*
*und dabei sich selbst bestraft...*

*Laura, sadistisch, masochistisch,*
*die stolz, unbeugsam und egoistisch*
*voller Hochmut auf Rache sinnt.*
*Laura, die nie gewinnt...*

*Laura, die den Sinn im Leben sucht,*
*die Oberflächlichkeit verflucht.*
*Laura, die an den Fingernägeln kaut*
*und jeden Tag mehr nach vorwärts schaut...*

*Laura, voller Einsamkeit*
*flieht vor der Verlogenheit.*
*Laura, die wütend hassen kann,*
*legt sich selber Ketten an...*

*Laura mit dem klaren Blick*
*weicht keinen einzigen Schritt zurück,*
*beharrlich und voll Wankelmut,*
*Laura, die meistens gar nichts tut...*

*Die viele Stunden schlaflos liegt*
*und sich selber Leid zufügt,*
*die schwarz, nicht rot, die Dinge sieht*
*und niemals vor der Wahrheit flieht...*

*Die es liebt, ihren Träumen nachzuhängen*
*und alle verflucht, die sie bedrängen.*
*Laura, die schreit, zu laut und zu schrill,*
*Laura, die nicht verlassen sein will...*

*Laura, die Feste abscheulich findet,*
*die immer auf irgendeine Ausrede sinnt,*

*Laura, die Heuchler nicht leiden kann,*
*die nicht wegwill, aber auch nicht hierbleiben kann.*

*Laura, die man nie vergißt',*
*Laura, die unsterblich ist...‹*

Ist das nicht schön?«

»Ja, sehr schön... wer hat es dir denn geschickt?«

»Es kam ohne Absender. Aber es muß jemand sein, der mich gut kennt, um nicht zu sagen, zu gut...«

»Warum schaust du mich so an?«

»Weißt du, im ersten Moment habe ich an Paolo gedacht. Aber der... der hat keinen Sinn für so etwas, ich meine, er könnte niemals so ein Gedicht schreiben... Also habe ich mich gefragt, ob...«

»Wieso sollte es nicht Paolo gewesen sein?«

»Was, du meinst Paolo?«

»Ja, warum nicht? ...Du fragst ja nie nach ihm, aber ich sehe oft, wie traurig und nachdenklich er ist... Wenn du mich fragst, er war es.«

»Mario... ich bitte dich. Kannst du dir vorstellen, Paolo schreibt: ›Laura, die unsterblich ist‹?«

»Na ja, vielleicht nicht gerade er selber, aber...«

»Du meinst, jemand anders hat es für ihn geschrieben?«

»Das könnte doch immerhin möglich sein... In den letzten Tagen hat man ihn oft mit Vittoria zusammen gesehen.«

»Vittoria, jetzt hör aber auf... Die hätte mindestens zehnmal Liebe auf Triebe gereimt... Außerdem kennt sie mich nicht. Woher hätte sie denn etwas von meiner Eifersucht wissen sollen? Die hat doch keine Ahnung, wie ich in Wirklichkeit bin.«

»Und? Wer sollte es dann deiner Meinung nach gewesen sein?«

»Ich habe nicht die geringste Idee. Übrigens, du bist gerade ganz rot geworden.«

»Ich? ... nicht die Spur ... Wieso auch?«

»Vielleicht kam es mir ja auch nur so vor ...«

»Also, wenn du mich fragst ... ich glaube, es war Paolo. Ich bin sicher, er liebt dich immer noch.«

»Mario ... Sag mal ehrlich, du würdest mir doch niemals ein solches Gedicht schreiben, oder?«

»Wie käme ich dazu? Ich bin schließlich dein Schwager ...«

»Ach ja, genau ... Es war nur so ein Gedanke ... Weißt du was? Eine Freundin von mir ... sie wohnt in P. Sie kennt meine Situation, ich habe ihr davon erzählt. Sie meint, ich soll von hier weggehen.«

»Mit den Kindern?«

»Natürlich, mit den Kindern.«

»Aber wo willst du denn unterkommen?«

»Ihre Eltern besitzen mehrere Wohnungen. Sie würden mir eine davon überlassen. Sie sagt, umsonst, aber das will ich nicht.«

»Und wovon willst du sie bezahlen?«

»Das ist es ja, was die Sache so interessant macht. In einer Woche wird die Stelle einer Bibliothekarin frei. Sie hat natürlich sofort meinen Namen genannt und es nicht versäumt, ein Loblied auf meine einschlägigen

Fähigkeiten zu singen... Es dürfte nicht allzu schwierig sein.«

»Und Paolo?«

»Ich habe vorhin erwähnt, daß ich auf eine Entscheidung von außen warte... Nun, das könnte sie sein, obwohl ich es erst überhaupt nicht in Betracht ziehen wollte.«

»Willst du denn gar nicht mit ihm darüber reden?«

»Natürlich werde ich mit ihm darüber reden.«

»Und wenn er damit nicht einverstanden ist? Wenn er dich darum bittet, hierzubleiben?«

»Ich werde aus dem Augenblick heraus entscheiden. Ich werde spüren, was ich für ihn bedeute, werde hören, was er sagt, und werde an seinem Tonfall erkennen, was das beste für mich ist. Aber ich glaube nicht...«

»Daß du zu ihm zurückkehrst?«

»Ich habe mich schon dabei ertappt, von meinem neuen Leben zu träumen. Ich habe darauf gewartet, daß irgend jemand oder irgend etwas mich dazu zwingt, hierzubleiben, aber... ich werde also fortgehen.«

»P. ist ziemlich weit weg.«

»P. ist eine schöne Stadt.«

# Unterhaltsame Literatur

Eine Auswahl

**Héctor Aguilar Camín**
**Der Kazike**
*Roman*
*Band 10575*

**Lara Cardella**
**Ich wollte Hosen**
*Band 10185*

**Laura**
*Roman. Band 11071*

**Martine Carton**
**Hera und Die Monetenkratzer**
*Roman*
*Band 8141*

**Gabriel Chevallier**
**Clochemerle**
*Roman*
*Band 1190*

**John Cleland**
**Die Memoiren der Fanny Hill**
*Band 1530*

**Anthea Cohen**
**Carmichaels kleine Listen**
*Band 8312*

**Engel tötet man nicht**
*Band 8209*

**Tatmotiv Liebe**
*Band 8270*

**Wilkie Collins**
**Die Frau in Weiß**
*Roman. Band 8227*

**Der rote Schal**
*Roman. Band 1993*

**Lucilla**
*Roman. Band 8135*

**Quentin Crisp**
**Crisperanto**
*Aus dem Leben eines englischen Exzentrikers*
*Band 8362*

**John Crowley**
**Little Big oder Das Parlament der Feen**
*Band 8307*

**Susan Daitch**
**Die Ausmalerin**
*Roman*
*Band 10480*

**Philip J. Davis**
**Pembrokes Katze**
*Roman*
*Band 10646*

**Maurice Druon**
**Lilie und Löwe**
*Roman*
*Band 8165*

**Ein König verliert sein Land**
*Roman*
*Band 8166*

## Fischer Taschenbuch Verlag

# Unterhaltsame Literatur

Eine Auswahl

**Richard Hey**
**Ein unvollkommener Liebhaber**
*Roman*
*Band 10878*

**Mary Higgins Clark**
**Wo waren Sie, Dr. Highley?**
*Band 8057*

**James Hilton**
**Der verlorene Horizont**
*Ein utopisches Abenteuer irgendwo in Tibet*
*Roman*
*Band 10916*

**Victoria Holt**
**Im Schatten des Luchses**
*Roman*
*Band 2423*

**Victoria Holt**
**Königsthron und Guillotine**
**Das Schicksal der Marie Antoinette**
*Roman*
*Band 8221*
**Treibsand**
*Roman*
*Band 1671*

**Barry Hughart**
**Die Brücke der Vögel**
*Roman*
*Band 8347*
**Meister Li und der Stein des Himmels**
*Roman*
*Band 8380*

**Rachel Ingalls**
**Mrs. Calibans Geheimnis**
*Roman*
*Band 10877*

**Gary Jennings**
**Der Azteke**
*Roman. Band 8089*
**Marco Polo**
**Der Besessene**
*Bd. I:* **Von Venedig zum Dach der Welt**
*Band 8201*
*Bd. II:* **Im Lande des Kubilai Khan**
*Band 8202*
**Der Prinzipal**
*Roman*
*Band 10391*

**James Jones**
**Verdammt in alle Ewigkeit**
*Roman. Band 1124*

## Fischer Taschenbuch Verlag

fi 1220/7 d